节气之美·园林：此中神韵无边际

陈载暄 著

内蒙古人民出版社

图书在版编目（CIP）数据

节气之美．园林：此中神韵无边际/陈载暄著．——
呼和浩特：内蒙古人民出版社，2021.12

ISBN 978 - 7 - 204 - 16280 - 2

Ⅰ．①节… Ⅱ．①陈… Ⅲ．①散文集—中国—当代
Ⅳ．①I267

中国版本图书馆 CIP 数据核字（2020）第 018520 号

节气之美·园林：此中神韵无边际

作　　者	陈载暄	
责任编辑	王继雄	
责任监印	王丽燕	
封面设计	侯　泰	
出版发行	内蒙古人民出版社	
地　　址	呼和浩特市新城区中山东路 8 号波士名人国际 B 座 5 层	
网　　址	http：//www. impph. cn	
印　　刷	内蒙古恩科赛美好印刷有限公司	
开　　本	710×1000　1/16	
印　　张	15	
字　　数	220 千字	
版　　次	2021 年 12 月第 1 版	
印　　次	2022 年 1 月第 1 次印刷	
印　　数	1－2000 册	
标准书号	ISBN 978 - 7 - 204 - 16280 - 2	
定　　价	36.00 元	

如出现印装质量问题，请与我社联系。

联系电话：(0471) 3946120　3946173

序　言

农历二十四节气，"中国的第五大发明"，自诞生之日起，就指导着传统农业生产和人们日常生活，这些节气的交替更迭，滋养了绵绵不绝的人文情怀。

中国园林，作为读书人性格的写照，以各种神韵出现，凝结并弥漫着中国人特有的智慧和人文情调，在处处张扬着美妙的画面里，将艺术情怀舒张开来，美不胜收、妙不可言，彰显着"清风明月本无价，近水远山皆有情"的诗情画意。

《节气之美：园林·此中神韵无边际》这本书，用优美的语言和丰富的知识结构，将农历二十四节气与中国园林的美意巧妙地融合起来，24个农历节气，48个园林，50余首抒写节气的古诗词，深情与浪漫的笔调里，使传统文化的底蕴有了更厚重、更宏大、更宽广的写意与抒情，这既是对美的追寻，更是对中国人文和园林建筑的热爱与铭记。

由此，在中国最经典、最美妙的园林里徜徉，既能有效拓展读者的知识面，又能开阔有关中国文脉的艺术视野，更能寻找中国人的精神归宿情感。了解农历节气，走进园林，体会无价的人文情怀，感受处处皆有情的岁月格调，岂不美哉！

陈载暄

2018 年 6 月 20 日

目　录

第一辑
春 山寒水瘦园含春

　　走进春天的园林，品味着它们的恢宏绚丽与精致典雅，感受天地、自然及人文的和谐、相互顾盼、相互牵扯、相互依恋的缠绵之情，更有音乐美、图画美、立体美相随，美矣！

立春：半含春雨半带寒

悄悄地，一束春天的阳光

带着翩翩气息，带着春之明媚

穿越严寒和冻冰的渗透

绵绵地、融融地

将春的气息弥漫开来

有关于春的灵感

如约而至

苏州沧浪亭

弱柳千条杏一枝，半含春雨半垂丝。

景阳寒井人难到，长乐晨钟鸟自知。

花影至今通博望，树名从此号相思。

分明十二楼前月，不向西陵照盛姬。

——温庭筠《题望苑驿》

读着唐代诗人温庭筠的这首《题望苑驿》，在优美的诗意里，农历二十四个节气的第一个节气——立春来到睡眼惺忪的大地。"一年之计在于春"，立春是中国民间重要的传统节日之一。中国人都极为重视，在立春之日迎春已有三千多年历史，古代立春时天子会亲率三公九卿、诸侯大夫去东郊迎春，祈求丰收。

立春之后的山涧，一切生物都在悄悄醒来。一滴水珠，清澈透亮；一粒春芽，生机盎然。

最喜那一汪汪春水，潺潺湲湲地，汇聚成一条条小溪、小河，再流入大江大河，向大海奔去。见此景象，孔子曾云："逝者如斯夫，不舍昼夜。"

就是这一江又一河的沧浪啊，在我们的光阴里流淌，又带走了光阴里的许多故事。屈原吟道："沧浪之水清兮，可以濯吾缨；沧浪之水浊兮，可以濯吾足。"

宋代著名诗人苏舜钦在游山游水之间，写了一首《淮中晚泊犊头》的诗：

春阴垂野草青青，时有幽花一树明；
晚泊孤舟古祠下，满川风雨看潮生。

细细品之，诗的画面感极强，山川风物的气息迎面扑来，就在这一瞬间，带出了几许聊赖和驳杂的心绪。

立春是得有这么一个地方，来安放自己的诗意。也恰好有这么一个园林，可以寄放自己的诗情画境。于是，苏舜钦先生买下了一个历史悠久的废园，修亭置石，种树养草，并在屈原的诗意里掬了一捧水，往亭子里一泼，就取了个"沧浪亭"的名字。

在自家园林里，苏舜钦打造了无尽的山水意象，种芭蕉、种竹子、种桂树、种藤萝，造亭、建廊、挖池、置石，以自然为美，山水相宜，恰到好处。通过复廊上的漏窗，沟通园内的山水，使水面、池岸、假山、亭榭融成一体。

沧浪亭被苏舜钦打造成了诗意的山水园林，风雨来时有潮生，曲径通幽处一步一个景，登山移亭处满眼皆芳菲。为此，大文豪欧阳修题《沧浪亭》长诗，诗曰："清风明月本无价，可惜只卖四万钱，"沧浪亭由此名声大振。

沧浪亭所要的，就是这样，带着融融春色的意味，在涟滟水波边漫步，在假山亭廊间穿行。弹指一挥间，时空穿梭已千年，当年的苏舜钦以及后来做过园林主人的人已然消逝，然而他们将灵性铸造进了园林的每一个布局里，给后人留下了丰富的宝藏。

当我们走进沧浪亭，感受着春意，那些蛰伏在心底的诗意之花，正在悄悄地绽放。

在一夜风雨后，初晴的阳光洒在亭台廊榭、假山水池之间，那摇曳的花草与树叶带着清亮的光影，与啁啾的鸟鸣一和，诗意喷薄而出：

夜雨连明春水生，娇云浓暖弄阴晴；

帘虚日薄花竹静，时有乳鸠相对鸣。

安逸吗？当然！山水园林的栖居，处处皆诗意。

苏州拙政园

碧玉妆成一树高，万条垂下绿丝绦。

不知细叶谁裁出，二月春风似剪刀。

——贺知章《咏柳》

吟着唐代诗人贺知章的这首千古绝唱，在立春时节，来到了江南苏州的拙政园。

拙政园，江南园林的代表，苏州园林中面积最大的古典山水园林。始建于明朝正德年间，今园辖地面积约 83.5 亩，开放面积约 73 亩，中国四大名园之一，以水见长，庭院错落，花木为胜。拙政园是全国重点文物保护单位、国家 5A 级旅游景区、全国特殊旅游参观点，被誉为"中国园林之母"，1997

年被联合国教科文组织列为世界文化遗产。

　　拙政园，是中国传统文人布置得最美、最浪漫、最富有诗意的读书吟诗之所，或者说是创建者在得意或失意之间打造出了一个归隐在闹市与山野之间的绝佳场所，充分显示了中国人将自然美与人文美高度融合的内在与张力，其优雅从容的气度和精致灵透的艺术表现，在时光里散发出了永恒的魅力。

　　园林分为东、中、西三部分。主要景点有秋香馆、芙蓉榭、缀云峰、香洲、梧竹幽居、海棠春坞、卅六鸳鸯馆（十八曼陀罗花馆）、倒影楼（夜景）、浮翠阁等。园景以水为中心，山水萦绕，厅榭精美，花木繁茂，移步换景，处处充满诗情画意，有浓郁的江南水乡特色，体现了明代园林旷远明瑟、古朴自然的艺术风格。

　　园中的亭台廊榭、轩阁馆堂、湖水荷莲、盆景假山、老树新花、芭蕉瘦竹等，无不洋溢着诗意美和人文美。

　　在这样的园林里，听风、听雨、观星、赏月、看花姿摇曳，何其美哉。在这样的环境里，读书、读经、吟诗、作画、抚琴、八音和鸣，无尽陶然。这就是诗意的栖居。拙政园的镇园之宝在留听阁，由珍贵的古木制成的圆桌、木凳，以及精雕细琢而成的艺术装饰，透出了一份悠远绵厚的意味。

　　我们大可以老子所说的"道可道，非常道；名可名，非常名"来品味拙政园，这样就多了一份充满哲学的趣味。

雨水：烟雨蒙蒙正相逢

经历过一冬的萧瑟后

滋润大地的雨水

淅淅沥沥地来了

最是那江南的烟雨

烟正蒙蒙，雨正蒙蒙

蒙蒙烟雨中

无数相逢

嘉兴烟雨楼

天街小雨润如酥，草色遥看近却无。最是一年春好处，绝胜烟柳满皇都。

——韩愈《初春小雨》

公历2月19日前后，雨水来到了人间。此时，气温回升、冰雪融化、降水增多，故取名为雨水。吟着唐朝文学家韩愈的《初春小雨》，在雨水节气当中悄然走进江南。

"江南可采莲，莲叶何田田……"读着这首汉代民歌，莲荷飘香的江南映入了眼帘。

江南的印象，绰绰约约地，伴随着旅途的梦境，飘洒着无尽的水墨意韵，似有若无地回旋在梦里梦外。

走进浙江嘉兴南湖，似乎走进了神韵兼具的水墨画中。南湖的烟雨楼，透出了绵延岁月里的一种醇厚与悠长，自五代后晋年间始建以来，就将江南的烟雨、湖泊、园林装点得格外飘逸优雅。

随着雨水节气的到来，蒙蒙烟雨将南湖笼罩，静静地伫立在烟雨楼的一个角落，使思绪沉浸。哦，这江南的蒙蒙细雨啊，轻轻地、密密地、柔柔地飘着，纵情滋润着，滋润着城市，滋润着街巷，滋润着旷野，滋润着山原，滋润着江水，滋润着村庄，更滋润着眼前的南湖与心魄。

清朝的乾隆皇帝，第一次登烟雨楼后，便念念不忘，在六下江南中，就有八次登烟雨楼，先后赋诗二十余首盛赞烟雨楼美景。

承德避暑山庄烟雨楼

世味年来薄似纱，谁令骑马客京华。

小楼一夜听春雨，深巷明朝卖杏花。

矮纸斜行闲作草，晴窗细乳戏分茶。

素衣莫起风尘叹，犹及清明可到家。

——陆游《临安春雨初霁》

随着雨水节气的到来，大地冰雪消融，桃花盛开，在春风送暖当中，雨水也多了起来。"小楼一夜听春雨"，在江南的哪座小楼里，听了一夜淅淅沥沥的春雨，这心也跟着湿漉漉起来。

嘉兴南湖的烟雨楼，使乾隆皇帝留恋不已，他反复思量，决定在承德的避暑山庄仿建一座烟雨楼。于是，在如意洲之北的青莲岛上，乾隆命人于乾隆四十五年（1780 年）开始兴建"烟雨楼"。建成后的烟雨楼，面阔为五开间，上下两层，四面设回廊、栏杆，四面皆可观景，南湖水、北平原、东山峰、西层峦。

到雨水节气这天，天空湛蓝，一碧如洗，就在这晴朗的日子里，"到避暑山庄去走走吧。"于是，三五好友相邀，在避暑山庄的阁、楼、廊、榭间，看景聊天、吟诗作对。几个人将这闲逸慢悠的日子，品咂出美美地韵味。待夕阳西落时，才在漾着温暖夕晖的澹澹水波里，依依惜别而去。

嘉兴烟雨楼观南湖，避暑山庄烟雨楼观澄湖。在山庄的烟雨楼看南面的澄湖，见不到烟雨蒙蒙的景致，于是又想起江南的烟雨楼，不经意间吟起了有关于烟雨楼最美的一首诗：

烟雨楼台听春雨，清风轻拂和细语。
分烟话雨伊人去，落花还恋静夜雨。

这首诗是清朝嘉兴知府许瑶光所作的《南湖烟雨》，是关于烟雨楼最美的诗，虽然避暑山庄烟雨楼没有没有南湖烟雨楼那般烟雨蒙蒙，有浓浓的江南意味，然而能吟起这么一首诗来，也算是一种情怀的飞扬与挥洒了。

走过烟雨楼，走向山庄平原区的一座小庭院——文津阁。对于文人雅士而言，文津阁有着巨大的吸引力，因为它是清代乾隆皇帝用来珍藏《四库全书》的一座藏书楼。

在书香漫溢的氛围里，在小庭院的曲水荷香亭、玉琴轩、宁静斋随意地逛逛，这心境也就跟着雅致且宁静起来。

之后再在宁静斋南面观看胜景千尺雪，看山石间的瀑布飞泻，跌落后溅起朵朵水花，一时间兴味盎然，品味着与蒙蒙烟雨的江南不一样的风景，吟起了一首《七绝雨水》：

> 殆尽冬寒柳罩烟，熏风瑞气满山川。
> 天将化雨舒清景，萌动生机待绿田。

惊蛰：一声炸雷万物苏

这一天的凌晨
苍茫天空堆积的乌云
刺出一道亮眼的闪电
劈在了旷野
"咣"的一声巨响传来
哦，冬眠的动物们被震醒了
它们纷纷醒来
游弋在辽阔大地

成都杜甫草堂

浮云集，轻雷隐隐初惊蛰。

初惊蛰，鹁鸠鸣怒，绿杨风急。

玉炉烟重香罗浥，

拂墙浓杏燕支湿。

燕支湿，花梢缺处，画楼人立。

——范成大《秦楼月/忆秦娥》

正如南宋诗人范成大这首词所写，惊蛰来到大地，自这天起，天气回暖，

春雷始鸣，惊醒了蛰伏于地下冬眠的昆虫们。

"孩子们，我们几个大人们都约好了，明天是惊蛰日，带你们到杜甫草堂，去寻诗、吟诗，去找苏醒过来的小动物……"

"什么是惊蛰呀？"邻家七岁的小丫问道。

"惊蛰就是二十四节气中的第三个节气，标志着仲春时节的开始，这天的天空将有一声春雷，惊醒冬眠的动物，它们开始爬行，找吃的、活动身体，植物也开始发芽生长。"

"为什么要到杜甫草堂呢？"八岁的侄儿问道。

"因为杜甫草堂是诗圣杜甫居住过的地方，我们正好可以在那里读读古诗，感受一下一代诗圣杜甫的情怀。"

孩子们一阵欢呼。

大人和孩子一行十几人，在惊蛰这天，浩浩荡荡地走进了杜甫草堂。

在草堂的照壁前，我提议道："谁能背出一首杜甫的诗来，就能获得一个小奖品。"

一个孩子当即举手，说道："我来背《春夜喜雨》。"

好雨知时节，当春乃发生。

随风潜入夜，润物细无声。

野径云俱黑，江船火独明。

晓看红湿处，花重锦官城。

太好了，孩子的杰出表现，既获得了奖品，又赢得了许多人的掌声，不仅是我们一行人的掌声，还有来自各地游客的掌声。

"大地春回，雨水就要多起来了，幸好今天没下雨，否则我们就要被雨淋了。诗圣杜甫先生用'好雨知时节，当春乃发生'将春雨写得这么美妙。'花重锦官城'呢，指的就是咱们成都啦，在三国蜀汉时期，成都以盛产蜀锦而出名，汉王朝曾设锦官和建立锦官城以保护蜀锦生产，锦官城的称呼由此而来，后世也常以锦城和锦官城作为成都的别称。"我说道。

在杜甫草堂的正门前，我们一行人停住了脚步，欣赏起了正门上方的"草堂"二字匾额。

"这是清代康熙皇帝的十七子、雍正皇帝的弟弟果亲王允礼题写的字，字体是行楷，大方、庄重又不失灵动。门两侧悬挂的对联'万里桥西宅，百花潭北庄'出自杜甫先生的《怀锦水居止二首》一诗，后面两句诗是'层轩皆

面水，老树饱经霜。'"

"哦……耶……"孩子们听了讲解，发出一阵欢呼声。

走进正门，跨过一座石桥，来到了杜甫草堂的通堂式敞厅——草堂大廨。"'廨'是古代地方官吏办公的场所，杜甫一生坎坷，仕途不畅，一直得不到重用。清嘉庆十六年重修草堂时，考虑到杜甫以前做过官，还是应该有办公的场所，大廨便由此得命名。大家请看壁上的这副对联：'异代不同时，问如此江山，龙蟠虎卧几诗客；先生亦流寓，有长留天地，月白风清一草堂。'对联寓意深长，概括了杜甫一生两袖清风、高洁的品格与情操。"

草堂内的诗史堂，是中轴线的第三重建筑，里面陈列了最能代表杜甫不同时期创作的诗句，过诗史堂折而向西，经水槛，穿月洞门，梅园就在眼前了。

"那些堂呀什么的，我们主要是品杜甫老先生的诗，而今天是惊蛰，我们还要记得观察一下地上树林和草间都有些什么小动物。孩子们，在这里我们应该不会看到最吓人的蛇，但你们要知道，在惊蛰这天被春雷惊醒的蛇，醒过来的第一个动作，是将含在嘴里的一小团泥土吐出来，之后伸展开身体，游出洞穴。它们醒来了，大地也就醒来了……"

"呀，叔叔，我看见了一条四脚蛇。"

"在哪儿呢?"孩子们纷纷应声跑过去，也想看看那条四脚蛇。

"啊，我看见了，看见了它的尾巴，不大，比壁虎稍微大一些，可能就是壁虎，它跑进草丛里去了。"

"叔叔，四脚蛇从冬眠中醒过来时，也会将嘴里的泥土吐出来吗?"

"四脚蛇，也称蜥蜴，它们也会冬眠，我想它们在醒过来时，多半也会吐出嘴里的泥土。"

"哇，我看见一只青蛙了，它跳到那边草丛里去了。叔叔，在惊蛰里醒过来的动物一般都有哪些呢?"

"哦，一般像刺猬、松鼠、蜈蚣、百虫、蛇、龟、青蛙、蟾蜍、蜥蜴、蝙蝠等动物，都会进入冬眠，也都在惊蛰这天被春雷惊醒，开始出洞。"

"哦……耶……"孩子们又发出一阵欢呼声。

接下来我们参观了工部祠、少陵草堂碑亭，之后来到了花径，这是连接杜甫草堂纪念建筑群与原草堂寺的一条红墙夹道小径，花径尽头是"草堂影壁"。"当年杜甫的茅屋前，有一条两旁栽满花木的小径，他在诗中曾写道:'花径不曾缘客扫，蓬门今始为君开。'"

随后，我们来到了杜甫草堂的"大雄宝殿"大雅堂。"门上匾额'大雅堂'三个字，是唐代著名书法家颜真卿的字，他创造的'颜体'，一千多年来长盛不衰，与赵孟頫、柳公权、欧阳询并称为'楷书四大家'。他不仅创造了颜体，还擅长写行书，且行书也是一绝。""大雅堂内陈列的彩釉镶嵌磨漆壁画是迄今为止国内最大的壁画，还有十二尊历代著名诗人雕塑，有屈原、陶渊明、陈子昂、李白、王维、杜甫、白居易、李商隐、黄庭坚、李清照、陆游、辛弃疾。"

在导游为游客们介绍的时候，我们一行人趁机在旁边静静地聆听。

接下来，我们来到了浣花祠。"据传，杜甫离成都后，冀国公崔宁将杜甫旧居的一部分辟为别墅让其妻冀国夫人（又称浣花夫人）居住，后冀国夫人舍宅为寺。冀国夫人死后，寺中立专祠并绘像纪念她。祠几经变化，到明末已不存。直到清光绪年间，才建造成如今所见的浣花祠。"导游充满情感地对浣花祠进行着介绍。

接下来要去的茅屋，是我们到杜甫草堂所要参观的重点。

当年的杜甫，平生清廉正直，虽当官多年，也依旧贫寒，他的住所，还是一间简陋的茅屋，一年秋天的某个雨夜，屋顶的茅草被风吹掉，冰冷的夜

雨灌进了屋子……第二天，被艰难困苦激发出诗兴的杜甫，吟出了千古名诗
《茅屋为秋风所破歌》。诗中表达了自己关怀天下寒士们的伟大情怀："安得广
厦千万间，大庇天下寒士俱欢颜，风雨不动安如山。"

苏州狮子林

春愁一段来无影，

著人似醉昏难醒。

烟雨湿阑干，杏花惊蛰寒。

唾壶敲欲破，绝叫凭谁和。

今夜欠添衣，那人知不知。

——萧汉杰《菩萨蛮》

惊蛰时节春雷萌动，万物复苏，大地逐渐呈现出喜人的盎然春色。也就在此时，想起了苏州园林。

园林建筑可以说是苏州的代表。说起苏州，第一印象就是园林；说起园林，第一想到的就是苏州。就在这天，我走进了苏州四大名园之一的狮子林。

只见石碑上刻有对狮子林的简介，言简意赅：

"狮子林为苏州四大名园之一，至今已有650多年的历史。元代至正二年，元末名僧天如禅师维则的弟子'相率出资，买地结屋，以居其师'。因园内'林有竹万固，竹下多怪石，状如狻猊（狮子）者'；又因天如禅师维则得法于浙江天目山狮子岩普应国师中峰，为纪念佛徒衣钵、师承关系，取佛经中狮子座之意，故名'狮子林'。狮子林既有苏州古典园林亭、台、楼、阁、厅、堂、轩、廊之人文景观，更以湖山奇石，洞壑深邃而盛名于世，素有'假山王国'之美誉。"

这就说明了狮子林最早建立的初衷是天如禅师的弟子们，为师父修建的修行道场。

那么，我们在狮子林里，所观瞻和感受的，除了禅意之外，就是园林建筑和布局所展现出来的精美与雅致了，"横向极尽迂回曲折，竖向力求回环起伏。游人穿洞，左右盘旋，时而登峰巅，时而沉落谷底，仰观满目叠嶂，俯视四面，或平缓，或险隘，给游人带来一种恍惚迷离的神秘趣味。"当年清朝乾隆皇帝游览了狮子林之后，纵情写下"人道我居城市里，我疑身在万山中"的诗句，就是狮子林的真实写照。

对了，狮子林当中美誉天下的假山，取自于太湖。有众多美石而组为园林，既能显现园林的个性之美，又能彰显整体之美。

而狮子林叠造的假山，出自元代大画家倪云林之手。关于这位倪云林先生，相传是一个极度"洁癖"之人。

据传他院里的梧桐树，要命人每日早晚挑水揩洗干净。一日，有位好友来访，在他家里留宿，他担心朋友不干净，一夜之间起来视察了三四次，忽听朋友一声咳嗽，担心得一宿未眠。天亮后命佣人寻找朋友吐的痰在哪里。佣人找遍每个角落都没找到，只好找了一片稍微有点脏的树叶送到他面前。他斜睨了一眼，捂住鼻子，叫佣人送到三里外丢掉。

同时也是一个极具个性的人。一次，吴王张士诚的弟弟张士信差人拿了画绢请他作画，并送了很多金钱。倪云林怒曰："倪瓒不能为王门画师！"并撕绢退钱。后来有一天倪云林在太湖上泛舟，正遇到张士信，被痛打了一顿，他忍住疼痛不哼一声。事后有人问他何故，他答道："一出声便俗了。"

春分：阴阳相半寒暑平

喜欢春天，喜欢春天的阳光

这阳光绵绵地、融融地

将春的气息弥漫开来

那些植物、那些花草经过梦的洗礼

闪耀出迷人的色彩

春天阳光里的歌声嘹亮

春天阳光里的舞影翩翩

春天阳光的慈爱洒满道路和庭院

北京日坛公园

雪入春分省见稀，半开桃李不胜威。

应惭落地梅花识，却作漫天柳絮飞。

不分东君专节物，故将新巧发阴机。

从今造物尤难料，更暖须留御腊衣。

——苏轼《癸丑春分后雪》

吟着宋代大文学家苏轼的这首诗，公历3月20日，春分来到大地。春分，是春季九十天的中分点，即阴阳相半，昼夜均而寒暑平。春分时节，辽阔大地上杨柳青青、莺飞草长、小麦拔节、油菜花香。

春分节气之后，阳光是春天的样子了。

与春天的蓬勃一样，与春天明丽的阳光无二，我们的热肠一如既往，执着地挥洒。春天的阳光里，我们勤奋的展翅翱翔，我们的积累稳健而丰富，我们的理想和浪漫无遮无掩，我们没有任何遗憾。宋代文学家欧阳修的一首词《踏莎行》，将春分的景致写得十分美好：

> 雨霁风光，春分天气。
> 千花百卉争明媚。
> 画梁新燕一双双，玉笼鹦鹉愁孤睡。
> 薜荔依墙，莓苔满地。
> 青楼几处歌声丽。
> 蓦然旧事心上来，无言敛皱眉山翠。

不过，祖国的北部地区，仍在萧瑟冷冬之中。在这些春风还未吹拂的地方，说不定春分之后还会飘起漫天雪花，还需如苏轼诗中所说"更暖须留御腊衣"。

春分也是祭祀庆典的节日，古代帝王有春天祭日、秋天祭月的礼制。清潘荣陛《帝京岁时纪胜》："春分祭日，秋分祭月，乃国之大典，士民不得擅祀。"位于北京朝阳门外东南的日坛公园，就是明清两代帝王祭祀大明之神

"太阳"的场地。

日坛公园于明嘉靖九年（1530年）圈建。当前的主要景观有园坛、西天门、北天门、神库神厨、宰牲亭、具服殿、祭日壁画、西南景区、曲池胜春、玉馨园、牡丹园、老年活动区等。还有东南方新建的"清晖观日"景区和"曲池胜春"景区。

日坛西向，白石砌成一层方台，明代时的坛面为红琉璃，以象征太阳，长宽为五丈，高五尺九寸。清代时改为方砖墁砌，四周有遣墙（矮围墙），正西有白石棂星门三座，其余三面各一座。西门外有燎炉、瘗池。北为神库、神厨、宰牲亭、钟楼等，南为具服殿，清乾隆七年（1742 年）改建于坛西北角。

日坛公园内的西南景区融合了江南庭院的古朴典雅和北方园林的特色风光，湖畔旁建有古色古香的水榭、画舫、小园亭，湖南北架以曲桥、拱桥，湖边围绕着蜿蜒迂回的小路。漫步于这个景区里，感受阳光的抚慰，感到生命有了旖旎的色彩。

来到日坛公园，感受到中国传统文化的厚重与魅力，充满了古人对大自然、对太阳神的热爱与崇敬，感受到了中国人骨子里那种天人合一、与大自然和谐相处的人文思想。

苏州怡园

春分雨脚落声微，柳岸斜风带客归。

时令北方偏向晚，可知早有绿腰肥。

——徐铉《七绝·苏醒》

南唐诗人徐铉的这首诗，将这春雨、柳条、斜风等，都写满了春天的诗意，也将春天"绿腰肥"的意趣写得饱满生动。就应该在这个时节来苏州。

闲适的、恬淡的、柔性的、安静的苏州，有着温软恬适的生活情调，还会在经意和不经意间，飘来寒山寺穿越千年的钟声。

春分这天，趁在苏州逗留的日子，去看看怡园的春景。

怡园的精致，充分显示了人文之美韵，吸取了各园之长，将春色一层又一叠地弥漫开来，既庄重典雅，又自然惬意。

"这里有一片竹林，在这里的玉延亭坐一坐吧，我在出发前带了一个鸡蛋，民间一直有在春分这天竖蛋的游戏，咱们也来竖一竖，看能否竖起来。"

"好啊。"身边的伙伴随声应和。

来到亭中，我们先观赏了玉延亭的景致，里面有董其昌草书石刻："静坐参众妙，法谭适我情。"亭子里没有小桌子，我们蹲下身子，在地上围成一圈，开始了竖蛋游戏。"我的心现在不太安静，竖蛋还是要讲究静心和手稳，你来吧。"旁边的伙伴接过了鸡蛋，屏住呼吸，在20秒钟将鸡蛋成功竖了起来，证明了春分阴阳相半的节气之妙。

之后，我们慢慢悠悠的，分别对怡园中的四时潇洒亭、坡仙琴馆（石听琴室）、拜石轩（岁寒草庐）、玉虹亭、石舫、锁绿轩、碧梧栖凤馆、面壁亭、画舫斋、小沧浪亭、藕香榭（锄月轩）、复廊、书条石等景点进行了细品慢赏。

最喜欢拜石轩南面天井中遍植的松柏、冬青、方竹、山茶等植物，寒冬里不凋谢，四季绿意盎然，它又有着另一个好听的名字：岁寒草庐。也留恋于小沧浪亭里的镇园之宝——三块太湖石，奇、趣、雅，意味无尽，沧浪亭取屈原的《楚辞》"沧浪之水清兮，可以濯吾缨；沧浪之水浊兮，可以濯吾足"的句意得名。我还喜欢怡园当中的怡园法帖, 怡园廊壁上嵌着101块刻石, 为历代书法家王羲之、怀素、米芾等的书法作品。

春分中的怡园, 树木已经长得郁郁葱葱, 满眼都是清新的绿, 疏影横斜, 映现出人文的诗意。

清明：晴风柳絮落花前

一半烟雨，一半晴
清明前后的山川
似乎有点魂不守舍
谁家没过对祖先的怀念
山川依旧，烟雨如昨
在今日的晴风柳絮中
于落花前，对酌
情怀，如老酒

西湖美意

清明时节雨纷纷，路上行人欲断魂。

借问酒家何处有？牧童遥指杏花村。

——杜牧《清明》

公历4月5日前后，是农历二十四节气中的清明节。《岁时百问》中说："万物生长此时，皆清洁而明净，故谓之清明。"

读着杜牧的这首诗，蓦然有点失魂的感觉，这天是祭祖的日子，本来应该来到祖先的坟前，表达一些哀思之情。然而就我们现代人而言，大多都是远离家乡的游子，祖坟在遥远的故土安静地沉默着，游子们只能在远方表达哀思。

　　这年的清明，我在旅游途中。幸运的是，清明这天刚好在美丽的杭州城，而且没有细雨纷纷，但也不是艳阳高照，半阴半晴，正适合到西湖去悠然地度过一天的时光。在头天晚上休息之前，翻看着一本唐诗，读到贾岛的《清明日园林寄友人》：

今日清明节，园林胜事偏。
晴风吹柳絮，新火起厨烟。
杜草开三径，文章忆二贤。
几时能命驾，对酒落花前。

　　这首诗没有杜牧《清明》的失魂和忧伤，有的是优美的春天给心情带来的敞亮与舒缓。今天的西湖，与这首诗非常应景。在向西湖出发之前，我们小补了一下西湖的相关知识，知道西湖有纪念白居易的白堤，纪念苏东坡的苏堤，有著名的十个景观：苏堤春晓、平湖秋月、曲院风荷、雷峰夕照、双峰插云、花港观鱼、柳浪闻莺、三潭印月、南屏晚钟、断桥残雪。这些美丽的景观名称，有的同时也是优美的音乐曲名。

　　"今日清明节，园林胜事偏。晴风吹柳絮，新火起厨烟。"清明节的西湖，当是消愁与安魂的。白堤和苏堤上飘飞的柳絮，在波光潋滟之上飞舞。走进西湖，映入眼帘的胜景，非一般园林可以比拟。于是乎，随意地游逛，将今天的日子，打发成飘飘诗意，不胜美哉！走了几十步之后，在一个游客团队的旁边驻足，听导游简要地介绍了一下西湖："西湖三面环山，面积约6.39平方公里，东西宽约2.8公里，南北长约3.2公里，绕湖一周近15公里。湖中被孤山、白堤、苏堤、杨公堤分隔，按面积大小分别为外西湖、西里湖、北里湖、小南湖及岳湖五片水面，苏堤、白堤越过湖面，小瀛洲、湖心亭、阮公墩三个小岛鼎立于外西湖湖心，夕照山的雷峰塔与宝石山的保俶塔隔湖相映，由此形成了'一山、二塔、三岛、三堤、五湖'的基本格局。"

导游对西湖的简介，已将她的风貌大略地展现了出来，我们所要进行的，就是要用人文的情怀，细细地品味与徜徉。

断桥残雪，是西湖十大景观之一。"清明断雪，谷雨断霜。"清明时节的西湖，已经无法欣赏到雪景了。相传断桥还蕴含着一个美丽的爱情故事，那就是许仙与白娘子的爱情。

传说白堤是为纪念唐朝著名诗人白居易而起的名字，当年的白居易来杭州任刺史，在此疏湖筑堤，整个西湖也是他当年筑造的一个放生大池，堤坝筑好后，他种下了许多柳树，于是有了今天柳絮飘飞的动人景致。在豪气干云间，白居易吟出了《钱塘湖春行》，此诗即是为西湖而吟：

孤山寺北贾亭西，水面初平云脚低。

几处早莺争暖树，谁家新燕啄春泥。

乱花渐欲迷人眼，浅草才能没马蹄。

最爱湖东行不足，绿杨阴里白沙堤。

后人为纪念这位诗人名士，便将此堤称为白堤或白公堤。行走在白堤上，于成行的桃柳间穿行，在如茵芳草间看水波澹澹，再被温柔的春风一拂，回望含翠的群山，思绪就化作一团轻飘飘的白云，悠悠飞翔。

走过白堤，来到了西湖十大景观之一的平湖秋月。平湖秋月的来历，经典的说法是："每当秋高气爽，西湖湖面平静如镜，皓洁的秋月当空，月光与湖水交相辉映，颇有'一色湖光万顷秋'之意，故题名'平湖秋月'。"而今天是清明，正是万物葳蕤生长的春天，显然见不到一色湖光万顷秋的景致。然而我们可以想象在秋高气爽的时候，一湖碧水与溶溶月光相融，那风景是何等的动人心魄。对了，鼎鼎大名的西泠印社，就在平湖秋月公园之内，散发着文化与艺术的气息，收摄着文人的心魂。

随后来到苏堤，感念苏东坡先生。

苏堤全长近3公里，横跨于西湖西部的湖面上，连通湖的南北岸，堤旁遍种花木，有垂柳、碧桃、海棠、芙蓉、紫藤等四十多个品种，花儿们在清明前后绽放，将西湖的春天装扮得靓丽万分。微风中摆动的垂柳，摇曳着醉人的风姿，这苏堤春晓的景致，正是西湖十大景观之首。一眼望向水波森森的湖面，感念苏东坡的情愫也就肆意开来，不禁想起苏东坡写西湖最著名的诗：

> 水光潋滟晴方好，山色空蒙雨亦奇。
>
> 欲把西湖比西子，淡妆浓抹总相宜。

一边在苏堤上漫步，一边翻阅着有关苏堤的资料，资料上记载了苏东坡关于修筑这条堤岸的一首诗，相当豪迈：

> 我来钱塘拓湖绿，大堤士女争昌丰。
>
> 六桥横绝天汉上，北山始与南屏通。

六桥即为跨虹、映波、压堤、望山、锁澜、东浦，据说都出自苏东坡的锦心绣口。慢慢悠悠地走了近两个小时，走过了苏堤上的六座小桥，来到湖的对面，坐上游船，来到小瀛洲，于圆润如月的岛上，看外侧湖水中三座石塔的映照，此即三潭印月，唯西湖独有。

前后用了八个多小时，将西湖转了个遍，其中的十景也都亲身现场感受，心满意足地打道回府。对了，北宋文学家欧阳修写了一首《采桑子》的词，写出了清明时节西湖游春熙熙融融的景象，很美：

　　　　清明上巳西湖好，满目繁华。争道谁家，绿柳朱轮走钿车。
　　　　游人日暮相将去，醒醉喧哗。路转堤斜，直到城头总是花。

上海豫园

春城无处不飞花，寒食东风御柳斜。

日暮汉宫传蜡烛，轻烟散入五侯家。

——韩翃《寒食》

清明是表征物候的节气，含有天气晴朗、草木繁茂的意思。

读着唐代诗人韩翃的这首《寒食》，在清明时节里，向祖先寄托了几分哀思之后，来到上海老城东北部的豫园。这是保留了大上海传统文化和建筑的著名园林，带着江南古典园林的一切韵味，"奇秀甲于东南"，在现代化大都市的一隅里安静、娴雅、沉着地彰显着自己的风采与魅力。

从 1559 年起，明朝嘉靖年间的四川布政使潘允端，开始在潘家住宅世春

堂西面的几畦菜田上建造园林，经过二十余年的苦心经营，建成了豫园。"豫"有平安、安泰之意，取名"豫园"，有"豫悦老亲"的意思。豫园占地

三十余亩，园内有穗堂、铁狮子、快楼、得月楼、玉玲珑、积玉水廊、听涛阁、涵碧楼、内园静观大厅、古戏台等亭台楼阁以及假山、池塘等四十余处景观。

首先来到豫园的西部景区。

位于豫园正门处的三穗堂，取"禾生三穗，乃丰收之征兆"之意，内装饰雕刻着稻穗、黍稷、麦苗和瓜果。三穗堂南有荷花池、凫佚亭、绿波廊、濠乐舫、鹤闲亭、清芬堂、凝晖阁等景点。于此间细品慢吟，充分感受到了园主人将以农立国的政治理念和重视民生的资政情怀，巧妙地融合在了园林建筑与雕刻当中。

仰山堂卷雨楼为豫园的绝景，位于三穗堂之后，与大假山隔池相望，取唐诗"珠帘暮卷西山雨"之意，雨中登楼，烟雾迷蒙，山光隐约，犹如身入雨山水谷之中，于楼中观山、看池、听风、卷雨、赏池中倒影，园中美景与风雨相融相合，层层叠叠而来，十分优美。

豫园的大假山高约4丈，用数千吨黄石堆砌。映入眼帘的大假山，峰峦起伏，漫步其间，直感其磴道纡曲，其间又置淙淙清泉，有洞壑深邃之幽趣。山上植上葱茏花木，由此平添无限山野意象，登临其间，颇有置身山岭之趣。大假山上有二亭，一在山麓，名"挹秀亭"，意为登此可挹园内秀丽景色；一在山巅，称"望江亭"，意为立此亭中"视黄浦吴淞皆在足下。而风帆云树，

则远及于数十里之外"。

之后到豫园的东部景区。

于此，品"以一炉香置石底，孔孔烟出；以一盂水灌石顶，孔孔泉流"的江南三大名石之一的玉玲珑，赏幽雅恬静的积玉水廊和玲珑精致的积玉峰，登豫园中央的会景楼看全园景观。

再之后，来到豫园的中部景区。

这里，有建筑精致、画梁彩栋、修廊曲栏、华丽幽静的得月楼，有为纪念古代纺织家黄道婆而建的织亭，有清泉潺潺的浣云假山，有书香氤氲的藏书楼。

最后，来到豫园的内园景区。

"豫园环龙桥向南，是'神祠北际名园辟，寝庙东偏别殿开'的内园。内园面积仅两亩余，但十分精致，亭台楼阁、泥塑砖雕、名树古木、石峰小桥，一应俱全，布局紧凑而曲折幽深。"

　　……

只有在豫园之内安静地度过一天时光，才能品味到中国古典园林的建筑与布景之神韵，无可比拟，它们林立在高楼大厦的现代化大都市里，穿透出永恒的魅力。它不会消失在历史和人文的长河，相反，它让我们更加留恋，缱绻依依。

谷雨：谷雨淋洒一城花

谷雨到了，已是暮春
春季的最后一个节气
初插在田中的秧苗
以及长得绿油油的植物
渴望着来一场透彻的春雨
于是乎，谷雨应了大地的渴望
淅淅沥沥地下了起来

颐和园南湖岛

公历 4 月 20 日前后，春季的最后一个节气谷雨来到人间。

在颐和园内走过十七孔桥，就到了南湖岛。就十七孔桥本身而言，就有着妙不可言的美景可供观赏，让人品味不尽。同行的一位北京朋友，吟起了南宋大文学家陆游的《入云门小憩五云桥》，诗很美，本身是写谷雨的，且与十七孔桥的桥上风景也相应：

> 谷雨初过换夹衣，园林零落到蔷薇。
> 鸣鸠日暖遥相应，雏燕风柔渐独飞。
> 台省多才吾辈拙，江湖久客暮年归。
> 云门蹋月方清绝，且倚溪桥看夕霏。

谷雨这天，北京的天空湛蓝，没下淅淅沥沥的春雨，渴望春雨的庄稼和植物露出了失望的表情。

"大概明天或是后天，就会下一场春雨的。春雨贵如油，毕竟庄稼都在等着雨水，按往年的惯例，谷雨前后怎么都会下一场春雨的。"一大早与我们一起出行的一位北京朋友，突然打开了话匣子，对我们解说道。停顿了一下后，又向我们介绍起了颐和园：

"颐和园集传统造园艺术之大成，借景周围的山水环境，饱含中国皇家园林的恢宏富丽气势，又充满自然之趣，高度体现了'虽由人作，宛自天开'的造园准则。考虑到你们从西南的四川来这儿游玩，恰逢今天是二十四节气的谷雨，就庄稼植物而言，是极需要雨水的，然而就我们的游玩而言，就是这样的晴天最好。过去咱们中国人的传统，在谷雨这天，有一些民间风俗，南方和北方都有自己的方式，挺有味道的。比如很多地方有'走谷雨'的风俗，谷雨这天青年妇女会走村串亲，有的到野外走一圈就回来；南方很多地方在谷雨这天有摘茶的习俗，这天不管是什么天气，人们都会去茶山摘一些新茶回来喝；咱们北方呢，有食香椿的习俗，谷雨前后是香椿上市的时节，这时的香椿醇香爽口营养价值高，有'雨前香椿嫩如丝'之说，一会游完南湖岛出颐和园之后，咱们就去尝尝鲜。另外，我还听说陕西有着'谷雨祭仓颉'的民间传统，流传了千百年，是一项非常好的传统文化活动。"

这位北京朋友儒雅翩翩，且学识渊博，向我们展示了北方人的热情、豪爽与耿直。

"之所以在谷雨这天选择到颐和园的南湖岛来游玩，最主要的原因是上面有座广润祠的龙王庙，自乾隆皇帝以来就成了祭祀求雨之所。相传乾隆六十年的四月二十八日，乾隆皇帝亲临龙王庙祈雨，当晚即祈雨成功，大雨滂沱而下，第二天，乾隆帝赐龙神封号为'广润灵雨'。这么一个地方，恰好与今天谷雨的节气有所关联。这样，我们既游览了风景名胜之地，又能学习一些民俗风情方面的知识。"

随后，我们一行八人来到了鉴远堂。鉴远堂位于南湖岛西轴线的最南端，建筑为面阔五开间，单檐卷棚歇山顶。鉴远堂临水而建，是南湖岛上观赏昆明湖的最佳点。望向湖面，天光云影，水波潋滟，一刹那，美不胜收之景富有层次地迎面扑来，眼界为之宽阔，胸怀为之舒畅。据说乾隆皇帝非常喜欢鉴远堂，当年经常在这里传膳、游憩。

之后，我们一行游览了澹会轩，来到了一座两层阁楼月波楼。北京朋友让我们细细品味月波楼的文化韵味，"大家看，月波楼匾额下有一副楹联'一径竹荫云满地，半帘花影月笼纱；琪花银树三千里，云影瑶台十二层。'对联巧妙地道出了此地是观云赏月的一个好去处，不过最佳的观赏时间应当在秋季月明的时节。"

最后，我们来到了南湖岛上最大的单体建筑涵虚堂。涵虚堂是南湖岛上

的主体建筑，居于岛的最北端，堂的面阔五开间，前带三间卷棚抱厦，四面回廊，高耸在叠石假山之上，与万寿山上的佛香阁遥相辉映，互为对景。于涵虚堂楼上的观景之处，既看昆明湖水波荡漾，也看云影缥缈间的佛香阁，真有佛国仙山之风姿，飘逸于整个昆明湖上，既是波漾空明的胜景，也是山水泼画的彩卷。

　　走出颐和园之后，北京朋友兑现了前面的承诺，请我们品尝了北方带着谷雨气息的各类香椿菜品。

　　"谷雨后，空气中的温度加大，应注意祛湿利水。过敏体质的人应注意花粉，与变应原尽量少接触。饮食上应注意养肝，菠菜、香椿、凤梨、豆芽、樱桃等都是很好的选择。"我们一行八人纷纷道别时，北京朋友没忘了给我们一个温暖的谷雨养生小提示。

西昌邛海湿地公园

召平瓜地接吾庐，谷雨干时手自锄。

昨日春风欺不在，就床吹落读残书。

——曹邺《老圃堂》

谷雨时节，除了高度关注农事外，还要精进地读书，只有读书，才能知天文、晓地理、察人事。在唐代诗人曹邺《老圃堂》"就床吹落读残书"的境界里，读了大半夜的书，第二天便乘车前往西昌，这是川滇明珠，一座充满春天气息的城市。

西昌邛海通过这几年的精心打造，已经成了自然湿地与人工园林完美结合的典范。邛海是四川省独自拥有的最大的淡水湖泊，近30平方公里，水质

清澈，湖周边形成了面积不小的湿地。就当前而言，邛海周边总共有大约2000亩的湿地。

邛海是上苍给西昌的恩赐，从从容容、滋滋润润地将这里装扮得优雅万分。在这样的优雅和灵性里，关于山、关于水的哲学，自然而然地氤氲在这里的每一个角落，随便就可以读到它的宽厚与温情。

谷雨这天的西昌，在凌晨四点多的时候下了一场透彻的春雨，天大亮时，碧空如洗，在湛蓝的天空下，人的心情无比舒畅和惬意。这么好的天，且有着这么好的邛海，加之昨夜一场春雨，既有着甘霖之后的清爽，也有着万物勃发的生机。于是，我们一行十余人，来到了被称为梦里水乡的邛海湿地。

只见袅袅的炊烟、悠闲的鹭鸟、翩飞的海鸥、飘荡的小舟、轻轻的涛声、葱茏的群山、鲜艳的花儿、可爱的树木、山寺的轮廓……每一个景色都是一幅经典的画面，每一幅画面都如梦如幻。

这样的梦里水乡，有荷塘的清香，有田间的荷叶，有依依的睡莲，有清绿的浮萍，有老树茂叶，有柳枝吐翠，有精致的水上桥廊，有文意十足的亭子，有芦苇的清新绿影，有水曲回转的迷踪，有小桥缓坡的雅趣，有艳丽摇曳的花儿，有静谧可意的细竹。还有起起落落翩翩飞翔的鹭鸶及鸥鸟。

烟雨鹭洲是邛海湿地公园三期工程，其最大特点是"以水为主、以水为魂"，建成后与一二期连成一片。

烟雨鹭洲湿地，地处邛海北岸，南临海河入海口，西靠观海桥，北沿环海步道，东接新沙滩，总面积 3530 亩。按"一带、四区、三栖息地、多点"功能分区布局，建有生态防护林带及宣教管护、水质净化、生态利用、自然恢复"四区"，深水游禽鸟类、浅水涉禽鸟类、林灌鸟类"三栖息地"，生态、气象、物种、水质等多个科研监测点。

整个烟雨鹭洲打造出了"一湖三河多湿地，一带九园十八景"的特色景观。一湖即邛海，三河即土城河、缺缺河、朱家河。十八景有桂桥赏月、芦荡飞雪、凭栏潇雨、百渚芳菲、炫彩瑶池、鸟舞红菱、梅潮桐疏、广泽清流、星岛远眺、落日洒金、纷纷花境、芳洲寻莺、林沼探秘、桃坞观鱼、渔村夕照、兼葭飞鹭、逍遥水湾、鹭影烟霞。

只有像西昌这样的阳光城、小春城可以让柳树们有良好的生长环境。柳是美好的象征，在古代就有很多的诗人为柳而倾倒，有"碧玉妆成一树高，万条垂下绿丝绦"，更有"梨花院落溶溶月，柳絮池塘淡淡风"等。每当傍晚时分，游人散步游玩在湖岸边，驻足观看落日烟霞，飞鹭栖息于水草上，岸边柳絮如烟，渔村炊烟袅袅，可谓是"一橹烟霞摇鹭影，半江暮色荡水草"，鹭影烟霞的美景尽收眼底。

古有诗词"一簇渔家古渡头，生涯只在几扁舟；归来晒网斜阳外，欸乃数声烟树秋。"描绘的就是一幅渔村夕照的美景。夕阳余晖下，几缕清风，柳枝轻扬，烟波浩渺，木船摇荡，数缕炊烟缓缓升腾而起，相伴在落日烟华的苍黄中，勾勒出一副绝美祥和的"渔村夕照"图。

谷雨这天，蓝天白云下的烟雨鹭洲，植物葱茏、绿意茂盛，各类鲜花竞相绽放，空气中弥漫着树香、草香、花香、水香和泥香，走过了一径，踏上一桥，漫步其间，分不清是梦还是现实。索性慢慢悠悠地赏水、看倒影、品睡莲、闻花香，让一天的时间就这样飘忽而过。

观鸟岛湿地公园占地112200平方米。公园里的景区设置，由亚热带风情区、海门桥渔人海湾区、生命之源区、祈福灵核心区、柳荫垂纶观鸟区等五大景区组成，这里原生态的树木品种原本就比较多，有垂柳、杨柳、白杨、小叶榕、榆树、梨树等，后来又栽种下其他开着些烂漫花儿的花草树木，共同构成了绿色的生态图谱。这些树木疏密有致，分布在景区的各个角落，最有情趣的是各类树木沿海边延伸，倒影映于水波轻漾的湖面上，并且还可见矫健翱翔的鸥鸟和戏水觅食的野鸭，织成了一幅幅梦幻的画面。

公园里的亭子取了些好名字，既与公园里的优美传说相契，又与山水阳光的自然风物相融，比如梳羽亭、振翮亭、洗月亭。各个亭子上均悬挂有书法一流、文辞高妙的对联作品。洗月亭置于映月潭边，于晴夜，闲坐于亭中，听邛海轻奏的水声，观皎然的明月，看朦胧山影连绵的泸山，再有阵阵蛙鸣入耳，诗意盎然。

公园里各种类型的大石，其摆放布设既有人文的考究，又顺应自然的格局，将石文化运用在优雅的水边，再于石上刻些"听湾""抱朴""静影沉璧"等这些贴切而烘托景观意境的词语，此外，并于祈福灵核心区打造了寓八卦文化于其中的大石造型，上刻篆文"寿"字，有安享生命、福祉绵绵之意。这些石文化的构成，轻闲中见厚朴、雄浑中见深意。

公园里的小景布置颇多，也取了些很好听的名字，比如：榴浦觅踪、一湾消夏、水上曲桥等等。在公园里漫步，平添了许多的韵致。最有意趣的，当属于公园里小码头边的"柳堤晓风"和"旷野古渡"这两个景观了。这个景观里的柳树和白杨本为天然野生，妙在人工顺应自然的思维和设计，围造了几个堰塘，引入邛海之水，土埂石道交错其间，加上海边停泊的两三只舟船，"柳堤晓风"和"旷野古渡"风光无限。

"梦回田园"作为邛海六期湿地工程，"力求通过恢复滨水低洼天然湿地，突出邛海珍稀土著鱼类保护，保留、改造大面积的农耕湿地等措施，再现邛海自然湿地的原生态性，充分展示传统的邛海山水风貌、田园风光，把邛海湿地建设成为高原淡水湖泊湿地修复的示范、珍稀土著鱼类栖息地重建的典范、湿地生态旅游和重要水源涵养保护区的示范窗口。"

租一辆自行车，在"梦回田园"中慢慢悠悠地骑行，感受水色美、田园美、自然美、人文美。尤其是在"古岸踏歌"这个节点之内，保留有明代古戏台、药师寺遗址、古码头遗址，同时设置了揽月品茗、农家小院、产品展示等集休闲、品味、怀古于一体的多功能观光设施。迎面扑来中国漫长的农耕文明里那些醇和厚道的民风，也感受到此消彼长的岁月更迭和时空交错回旋的情思。

"梦回田园"的环海路外围，分布着岗窑村、古城村、钟楼村、核桃村等村落。特别令人称道的是，这些村落的房屋建筑全都是社会主义新农村新居别墅的模样，有 2 层的也有 3 层的。这些村落的功能，也在向旅游观光、酒店住宿、餐饮休闲、对外租赁等多功能多元化的道路发展。加之这些村落有依山傍水的优越地理位置，政府将新农村建设与邛海湿地建设有机结合，与惠民工程高度相融，营造出了风景秀丽、幸福和谐、宜居宜业的优美画卷，社会主义新农村的新风新貌，于此完全呈现。

第二辑

夏　长风叠云园色碧

在夏的热烈里，将所有的深情与蓬勃的绿意一道，放逐在辽阔大地，放飞在苍苍高天，回旋在优美的园林，用一飞冲天的姿态，携着卷过时空的长风，将一碧无边的园色，沉醉在归途。

立夏：绿荫铺野漫天歌

当春天的阳光滑过一片片绿叶

当春天的阳光踏着绿色一路高歌

当春天的最后一滴雨被浪花带走

当我们还徜徉在春天

品味着一束束慢悠悠的时光

不经意间，热烈的夏天来了

带着激情与火热

漫天席卷而来

苏州留园

纷纷红紫已成尘，布谷声中夏令新。

夹路桑麻行不尽，始知身是太平人。

——陆游《初夏绝句》

公历5月5日左右，二十四节气中的立夏来到人间。

立夏这天是个好天气，江南的空气带着绿叶清新的气息，充满了阳光照射的每一个角落。今天我们小组十来个人打算到留园去表演，并感受一下古人的迎夏这一礼节。

吟着陆游的这首《初夏绝句》，我们来到了苏州留园。留园是中国四大名园之一，园林景观分四部分，东部以建筑为主，中部为山水花园，西部是土

石相间的大假山，北部则是田园风光。主要景点包括：冠云峰、明瑟楼、小蓬莱、待云庵、涵碧山房等。因其"不出城郭而获山林之趣"，有精湛的艺术建筑与宽敞华丽的厅堂、优美而多般变化的庭院和奇趣迥异的太湖石，而得到了众多文人雅士的喜爱。

位于苏州市阊门外的留园，是明代万历年间的太仆寺卿徐泰时所建的私人园林，当时称为东园。清代乾隆年间，园子为书画家、藏书家刘恕所得。刘恕对其进行了重新修建，一时间，园内青竹碧波妙曼，美不胜收的景致层层叠叠，在23300平方米的面积之内，亭台廊榭置于峰回路转和曲院风荷之间，万千风情绝妙非凡。在清末战火当中，刘园得到了保存，并依其谐音而改为留园。

"立夏之日，古时天子率公卿大夫在都城南郊举行迎夏之礼，并着朱衣，以符夏为赤帝之意，同时以生肉、鲜果、五谷与茗茶祭祀古帝。"帝王率文武百官举行迎夏仪式，表达对丰收的祈求和美好的愿望。我们今天在留园的活动也非常有意义，因为我们准备了一系列的服装和道具，要按古代的程序举行一场迎夏的表演。

留园里的又一村，因广植梅林，并有绿杨、桃杏、菜畦、豆架，富有田园风味，由此我们将迎夏之礼的表演选择在这里举行。在导演的指挥下，每个人都按自己相应的角色换上了服装，准备好各类道具，开始有模有样地进行了表演活动。

由于我们的迎夏之礼表演，只是用玩的形式来感受一下古礼，表演人员也并不专业，都是率性而为，整个过程弄得亦庄亦谐，笑声不断。苏州地方有"立夏见三新"的谚语。"三新"指新熟的樱桃、青梅和麦子。人们先以这"三新"祭祖，然后尝食。在笨拙而又稚气地表演完迎夏之礼后，我们遵循苏州"立夏见三新"的风俗，大家将带来的樱桃、青梅和炒熟的麦子一起分享。

随后，我们请来了一名导游，带着我们四处游览，将园林的景色与人文都细致地观赏了一番。在绿荫轩，导演说："绿荫，其名得于原来轩旁有一株枝叶葱翠的青枫。绿荫及其构成的景观正如诗中所写：'华轩窈且旷，结构依平林。春风一以吹，众绿森成荫。'"

"下面，我们将来到留园的闻木樨香轩。闻木樨香轩在留园中心水池的西北部，有一处雄伟浑厚的黄石假山。山上桂树丛生，中有一小轩，轩因桂树而名，即为闻木樨香轩。"导游说着，带领我们来到了闻木樨香轩，映入眼帘的是一座开敞的三开间小轩，接着见到了轩内悬挂的"闻木樨香轩"横匾，导游又对轩前柱上的对联"奇石尽含千古秀，桂花香动万山秋"进行了品评。闻木樨香轩由于所处地势高敞，凭轩四顾间，就将园中景色尽收眼底，美不胜收。

整个留园里的风景太多，如位于留园中心水池东岸的曲溪楼，临水而建，楼名取自《尔雅》"山渎无所通者曰溪"，此处以曲溪会意流觞曲水，寄景寓情，组合堂、亭、廊构成了一幅幽静清雅的画面。漫步在其中，让人留恋

不已。

"留园里还有一个地方叫'活泼泼地'，在西部园区中的溪水东端有一座水阁，形体轻巧，空间通透，阁体一半居于岸上，一半凌于水面，阁下面为条石砌成的涵洞，使水能从阁底穿过，造成一种动感，所以取名'活泼泼地'。阁内刻有四幅意境清远的图画：林和靖放鹤、苏东坡种竹、周茂叔爱莲、倪云林洗桐。"

我们一行人还未走到活泼泼地，导游就提前进行了详细介绍。大半天之后，到下午三点，我们才恋恋不舍地走出了留园。

杭州文澜阁

归来泉石国，日月共溪翁。

夏气重渊底，春光万象中。

穷吟到云黑，淡饮胜裙红。

一阵弦声好，人间解愠风。

——文天祥《山中立夏用坐客韵》

南宋末年的文天祥，是一位伟大的民族英雄，读着他的这首诗，立夏来临了。随着立夏节气的到来，槐花也相继开放了，空气中飘满了沁人心脾的芳香。

今年立夏这天，我们一家子又到杭州旅游，心里琢磨带孩子到哪里走走，

既能欣赏到景观之美，又能品味到其中的人文脉络，这是我对孩子进行的一种潜移默化的教育方式。在酒店里翻阅了杭州的旅游资料，一家人一致认为应该到珍藏《四库全书》的文澜阁去看看，文澜阁恰恰又在北侧外西湖的孤山南麓，既可以欣赏西湖的美景，还可以感受中华文化的厚重，真是一举两得。

一大早，我们收拾停当，吃了顿简单的早餐，开始从酒店出发，来到了位于杭州市西湖区孤山路 25 号的浙江省博物馆，文澜阁就在其内。

要说立夏，与文澜阁有什么渊源呢？陡然间似乎找不出理由将这二者联系到一起。二十四节气本来是中国农历中表示季节变迁的 24 个特定节令，词典中记载：立夏，是夏季的第一个节气，表示盛夏时节的正式开始，太阳到达黄经 45 度时为立夏节气。斗指东南，维为立夏，万物至此皆长大，故名立夏也。《逸周书·时训》："立夏之日，蝼蝈鸣；又五日，蚯蚓出；又五日，王瓜生。"

类似于这样的知识，是我们的祖先们从劳动生活中得来，又将之详细地记录在相关典籍之中，供后人借鉴与追溯。《四库全书》可以称为中华传统文化最丰富最完备的集成之作。中国文、史、哲、理、工、农、医，几乎所有的学科都能从中找到源头和血脉，几乎所有关于中国的新兴学科都能从这里找到生存发展的泥土和营养，因此，在立夏节气这天，带着孩子来到珍藏《四库全书》的文澜阁，其教育意义也就显得特别深远了。

　　当年的乾隆皇帝，命人手抄了7部《四库全书》，在全国一共修建了七座楼阁来进行珍藏，分别为：紫禁城文渊阁、辽宁沈阳文溯阁、圆明园文源阁、河北承德文津阁、扬州文汇阁、镇江文宗阁和杭州文澜阁珍藏。前面四阁称为"北四阁"，后面三阁称为"南三阁"。如今，在"南三阁"中，只有文澜阁还保存着。

　　文澜阁建筑按中轴线布置，建筑除了阁本身外，还有垂花门、厅室，另有假山和水池，池中置仙人峰，构成了富有园林意味的景观。

　　从一座两柱式矗立的门坊走进去，来到了文澜阁的门厅，该门厅作为文澜阁的大门，面阔三开间，两山连接左右配房，形成一座整体呈凹字形的建筑。走进门厅，面对的是一组叠置的假山，假山后面为文澜阁的阅览室，以前是读书的书斋。阅览室周围有几棵苍虬的古松，挺拔而苍翠，一面是假山，一面是从水池引出来的小溪，亭廊、池桥、假山叠石互为凭借，贯通一起，将阅览室衬托得清幽雅静。

　　在阅览室里，我找了几本古典书籍，与孩子一起翻了翻，用查证资料的方式引导孩子在书中搜索一些知识要点，大略让孩子掌握了一些知识，比如四书有《论语》《中庸》《大学》《孟子》；五经有《诗经》《尚书》《礼记》《易经》《春秋》；八股文的格式是：破题、承题、起讲、入手、起股、中股、后股、束股。孩子一边听我讲解，一边翻书进行查证，一时间倒也不亦乐乎。

　　今天是立夏，特意让孩子自行找一些书籍，看立夏有哪些民风民俗。孩子翻阅之后告诉我，立夏的风俗有：一是尝新活动，也就是品尝新鲜的水果、疏菜等；二是斗蛋游戏；三是立夏秤人。我一边点头，一边对孩子表示嘉许。今天到文澜阁的人文教育的目的也就达到了。

从阅览室走出来，来到了御碑亭，亭内立有乾隆御碑，正面刻着乾隆御制诗，背面刻着《四库全书》上谕。随后，来到了主体建筑文澜阁，阁为双层，上下均为六开间，楼阁体量高大，端庄肃穆，展示了中国古典建筑的辉煌成就。

小满：草市丛生荞麦香

南风徐徐地吹

在原野上一拂

田里的麦粒就在成熟

用生命向高天致谢

感谢上苍，感谢大地

感谢农人，感谢麦子

使我们有了滋养与活力

在人间园林的美意里

让小满的品性和胸怀

在脚下步步生风

扬州寄啸山庄

夜莺啼绿柳，皓月醒长空。

最爱垄头麦，迎风笑落红。

——欧阳修《小满》

农历四月，立夏之后的夏季一天比一天火热，小满于公历 5 月 21 日来临。由这一天起，江南进入了"三夏"时间。所谓"三夏"，即：夏收、夏种、夏管，农民们大忙的序幕从此时拉开，田间地头又进入了一个繁忙的季节。

小满期间，江南地区的江河溪湖都会是满的，否则就会有干旱天气。这

是节气告诉我们的一个自然规律，同时也告诉我们，要积极作为不负光阴，要知足知满。那么，我们就在小满这个节气里，走进扬州的寄啸山庄，来欣赏这个"晚清第一园"。

寄啸山庄，位于扬州城东南徐凝门街66号，系清代同治年间的何芷舠建造的宅院，习称"何园"。何芷舠当年官居一品，是省部级大员，这个人在思想上也很有内涵，且非常开明，他的座右铭是"书山有路勤为径，学海无涯苦作舟"。他的家训"将功名富贵四字置之度外""何必入仕然后谓之能行""各要揣己力量"饱含着中国人的智慧。

寄啸山庄的称呼，与陶渊明的《归去来兮辞》有关。陶渊明在《归去来兮辞》当中吟道："倚南窗以寄傲，审容膝之易安。园日涉以成趣，门虽设而常关。策扶老以流憩，时矫首而遐观。云无心以出岫，鸟倦飞而知还。景翳翳以将入，抚孤松而盘桓。……木欣欣以向荣，泉涓涓而始流。善万物之得时，感吾生之行休。……富贵非吾愿，帝乡不可期。怀良辰以孤往，或植杖而耘耔。登东皋以舒啸，临清流而赋诗。聊乘化以归尽，乐夫天命复奚疑！"

陶渊明是中国文人独立精神和自由人格的典范，他在山野和田园中建设了自己的精神家园，辞官不做而悠然于南山，这样的精神与人格，让人景仰不已。

何芷舠先生看中了双槐园故址，出钱买来建园，园子建成后，取陶渊明《归去来兮辞》当中"倚南窗以寄傲"的"寄"和"登东皋以舒啸"当中的"啸"二字为名，为寄啸山庄，表示自己的人生归宿小满于此，像陶渊明那样寄情于山水田园，把园林精心打造成了人文与自然高度精致融合的家园。园子主要分为住宅、片石山房和寄啸山庄三大部分。现存园林以水池为中心，四面建有亭、台、楼、馆、廊等，池岸叠有假山。纵观全园，兼具南北方风格与中外建筑样式，是晚清扬州巨商、名宦宅园的典型代表。

"何园的主要特色是把廊道建筑的功能和魅力发挥到极致，1500 米复道回廊，是中国园林中绝无仅有的。左右分流、高低勾搭、衔山环水、登堂入室，形成全方位立体景观和全天候游览空间，把中国园林艺术的回环变化之美和四通八达之妙发挥得淋漓尽致，被誉为立交桥雏形。"

在园林的水池边，导游侃侃而谈。这时我找机会插进了一个问题："导游，我们今天来何园，不仅仅要感受这个园林作为江南孤例的绝妙，今天是小满的节气，我想在这里找些与小满有关的文化联系，该从哪里下手？"

"对不起，我的这个问题有点为难人了。""小满在历史上有一个习俗叫祭三车，即水车、牛车和丝车。用什么祭呢，一碗白水，祭完之后把这水倒在田里，用水车给人们把水打上来，使田里的水充盈，我们的麦子、稻子才能谷粒丰满。在农谚中，百姓以满指代雨水的丰裕程度，小满正是江南早稻追肥、中稻插秧的时节，如若田里不蓄满水，就会造成田坎干裂，影响农作物的收成。因此干旱的年份，人们会以人力或畜力带动水车灌溉水田。过去行走在偏僻的江南古镇水田边，时常会见到水牛被蒙住双眼拉动水车。"

蝴蝶厅是寄啸山庄西园区的主体建筑，它的是一座三开间两层的楼房。它的最特别之处是前、左、右与双层的廊子相连通，形成优美、别致的蝶厅楼廊景观。厅内木壁上刻着历代名碑字画，我们可以在里面细细地品味一番。

从蝴蝶厅出来，来到了位于蝴蝶厅西南部的赏月楼。赏月楼后面有长势

茂密的树木，楼前置有层叠的假山，南、北、西三面开敞宽阔，为赏月创造了极好的条件。

用了大半天时间，我们对寄啸山庄进行了仔细的游览与品味，走出大门时，导游说："一座何园成就了祖孙翰林（何俊、何声灏）、兄弟博士（何世桢、何世枚）、姐弟院士（王承书、何祚庥）、特级教师（何祚娴）等。何园还是重要的影视剧拍摄基地，《青青河边草》《红楼梦》《还珠格格》续集等近百部影视剧都在此取景。"

"是挺好，何园的文化魅力，的确无穷。"我说道。

成都武侯祠

夜莺啼绿柳，皓月醒长空。

最爱垄头麦，迎风笑落红。

——欧阳修《五绝·小满》

节气小满，江湖溪河里要满上水，庄稼才会得到恰当的滋润，来年的粮食才有好的收成。欧阳修的这首《五绝·小满》真是精彩，节气的、农业兴旺的、风景的、诗意的、文采的、文人意象的，统统都体现在里面了，认真读起来，真有激荡之感。

在农耕文明时代，风调雨顺极其重要，会给大地带来丰收和富饶。人们只要粮食充足了，安居乐业，生活的质量也会得到提升，繁荣富庶、国泰民

安的盛世景象就会出现。

　　在小满期间，来到成都武侯祠，凭吊和感念诸葛亮建立的丰功伟绩，是一件非常有意义的事情。小满嘛，仓廪实、知礼仪，安居乐业，获得感充足，幸福感强烈。诸葛亮一直备受世人赞誉，几乎是中国士大夫理想中"齐家、治国、平天下"的完美化身，也是人们心目当中能呼风唤雨的神仙人物。建安十二年，刘备三顾茅庐，诸葛亮提出了著名的"隆中对"。后来，建立蜀汉的刘备病危，在白帝城向诸葛亮托孤，诸葛亮尽心辅佐后主刘禅，不遗余力地劝导农耕、开拓农田、兴修水利、发展生产，在他鞠躬尽瘁的辅佐与治理下，蜀中粮足财丰，官清民正，天府之国的蜀地再一次得到了长足发展。公元234年农历八月，诸葛亮因积劳成疾，病卒于北伐前线的五丈原（今陕西省宝鸡市岐山县城南约20公里），时年五十四岁。

　　诸葛亮为蜀汉丞相，生前曾被封为"武乡侯"，死后又被蜀汉后主刘禅追谥为"忠武侯"，因此历史上尊称其祠庙为"武侯祠"。据《三国志》的记载，刘备于公元223年病故白帝城之后，灵柩运回成都，下葬于此，史称惠陵。由此，武侯祠成了中国唯一的一座君臣合祀祠庙和最负盛名的诸葛亮、刘备及蜀汉英雄的纪念地。

　　相关资料记载："成都武侯祠现占地15万平方米，由三国历史遗迹区（文物区）、西区（三国文化体验区）以及锦里民俗区（锦里）三部分组成，享有'三国圣地'的美誉。"武侯祠同汉昭烈庙、刘备墓（惠陵）相毗连，整个武侯祠坐北朝南。文物区主要由惠陵、汉昭烈庙和武侯祠三部分组成，祠庙现存主体建筑（除惠陵）均为清康熙十一年（公元1672年）重建，坐北朝南，祠内供奉刘备、诸葛亮等蜀汉英雄塑像50余尊，唐及后代碑刻50余通，匾额、楹联70多块。锦里作为武侯祠博物馆的一部分，占地30000余平方米，建筑面积14000余平方米，街道全长550米，建筑以清末民初四川民居风格为基础，内容以三国文化和四川传统民俗文化为内涵，于2004年10月正式对外开放。

武侯祠祠堂正门的匾额为"汉昭烈庙"四个大字，字体古朴而遒劲，大门内东侧的碑廊内，有一块文物价值极高的"蜀汉丞相诸葛武侯祠堂碑"，该碑于唐宪宗元和四年（公元809年）立，由唐朝著名宰相裴度撰碑文、书法家柳公绰（柳公权之兄）书写、名匠鲁建刻字，文章、书法、刻技皆精湛无双，被后世称为三绝碑。

刘备殿在祠堂二门之后，又称昭烈庙。昭烈庙气势恢宏、肃穆端严，正中有刘备贴金塑像，高3米，仪容丰满庄重，耳大垂肩。左侧陪祀的是他的孙子北地王刘谌像。两侧偏殿，东有关羽父子和周仓塑像，西有张飞祖孙三代塑像，两侧东、西廊房分别塑有蜀汉文臣、武将坐像各十四尊。

东侧文臣廊坊以庞统为首，西侧武将廊房以赵云领衔。刘备墓在诸葛亮殿

西侧，史称惠陵，由诸葛亮亲选风水宝地，将刘备葬在这里。二门内的长廊壁上，嵌有岳飞写的前后《出师表》石刻，石碑共37块，每块高63厘米，宽58厘米，刻工精良。岳飞所书前后《出师表》，行草字体一气呵成，龙飞凤舞、奔放豪迈，可以想象到岳飞当年书写前后《出师表》时那种酣畅淋漓的痛快劲，字里行间透出了岳飞驰骋疆场的英武气概。有记载道：岳飞"初写时，字体端正，多为行书，越写越激动，及后，电掣雷奔，龙飞凤舞，渐转为草书。"

刘备殿后，下数节台阶，穿过一座过厅，来到武侯祠。诸葛亮生前封"武乡侯"，死后谥号"忠武"，因此纪念他的祠堂称作"武侯祠"。殿内悬挂有"名垂宇宙"的匾额，两侧为清人赵藩撰写的《攻心》联，"能攻心则反侧自消，自古知兵非好战；不审势即宽严皆误，后来治蜀要深思。"正殿中供奉着诸葛亮祖孙三代的塑像。只见诸葛亮头戴纶巾、手执羽扇的贴金塑像，让我们的思绪穿过岁月的尘烟，浮现出诸葛亮羽扇纶巾的风采。诸葛亮塑像前的三面铜鼓，相传是诸葛亮带兵南征时制作，人称"诸葛鼓"，鼓上有精致的图案花纹。大殿顶梁由乌木制成，上书诸葛亮写给儿子诸葛瞻《诫子书》中"非淡泊无以明志，非宁静无以致远"之句，许多人将其作为座右铭，并深深地印入脑海，无论走到哪里都将之作为自己思想行为的指南。

在武侯祠里，蜀国的重要人物都有塑像。其中，刘备、诸葛亮、关羽和张飞，都有专殿，其余的重要文官与武将分别塑在文武廊。东边是文官廊，西边是武将廊。左右两廊各有文臣武将十四员，合计共二十八名文武。

节气小满，进武侯祠，瞻仰帝王与先贤名臣之风采，感怀以农立国、励精图治、风清气正、安居乐业的政治理念，给人以无尽的思索。

芒种：贺芒种晴禾豆忙

夏天

芒种时节的麦子成熟了

在蝉的聒鸣里

我们用质朴的方式

收获生命的力量之源

同时也播种延续生命的食物之种

如此，我们才能

在人间的萋萋芳草里

辉映出精神高度的光芒

就如寺院的钟声

穿透所有的沧桑

西安大慈恩寺

时雨及芒种，四野皆插秧。

家家麦饭美，处处菱歌长。

老我成惰农，永日付竹床。

衰发短不栉，爱此一雨凉。

庭木集奇声，架藤发幽香。

莺衣湿不去，劝我持一觞。

即今幸无事，际海皆农桑。

野老固不穷，击壤歌虞唐。

——陆游《时雨》

读着陆游的这首《时雨》，公历 6 月 6 日前后，芒种时节的气息已弥漫在山野田间。

芒种是反映农业物候现象的节令。其中"芒"指大麦、小麦等有芒作物种子已经成熟，将要收割；"种"指晚谷、黍、稷等夏播作物正是播种的季节。

大麦、小麦等有芒作物将要收割；晚谷、黍、稷等正要播种。由此，我想到了一个灿烂辉煌文明的传播者，唐朝的玄奘大师。玄奘（600—664 年），俗姓陈，本名祎，生于公元 600 年，为东汉公正廉明的名臣陈寔之后。唐代著名僧人，佛教法相宗创始人，通称三藏法师。他学识渊博，备考异说，为求佛教教理究竟，于 627 年只身西行，历经十数年，行程 5 万里，足迹遍及西亚和南亚，沿途宣讲大乘教义，声名传遍全印度。645 年，玄奘返回长安，带回佛典 657 部。此外，他还将《老子》《大乘起信论》等译为梵文，传入印度。玄奘大师用一生的精力，成了中国伟大的佛学家、翻译家、旅行家。玄奘大师一生的行持，就是文化传承的过程，如同播种与耕作、丰收与收割，最相匹配。

要追慕玄奘大师的学风与宗风，就要到西安的大慈恩寺。

唐贞观二十二年（公元 648 年），唐太子李治为了追念母亲文德皇后，下令营建慈恩寺。有司根据太子之令，通过多方选址，选定隋文帝修建的无漏

寺遗址开建，无漏寺的前身是北魏道武帝时建的净觉寺。贞观二十二年（648年）十月，太子又下令说：大慈恩寺即将完工，但是缺乏修行的僧人，奉太宗皇帝敕旨，度僧300人，另外再请50名大德入驻，同时正式赐新寺寺名为"大慈恩寺"，并增建翻经院。

建成后的慈恩寺占据晋昌坊半坊之地，面积近四百亩，共有13个庭院、各式房舍1897间，重楼复殿、云阁、禅房、塑像等，十分壮观，是唐长安城最宏伟壮丽的皇家寺院。随后，太子李治复令玄奘法师自弘福寺移就大慈恩寺翻经院继续从事佛典翻译，充上座，纲维寺任。在这里，玄奘法师创立了中国佛教宗派之一的法相宗。永徽三年（公元652年）三月，玄奘法师主持营建了供奉经像和佛舍利的大雁塔。

现存寺院的面积仅是当时的一个西塔院，其余早已荡然无存。现今的大慈恩寺是自明代成化二年（1466年）起在原寺院西塔院基础上陆续修建而成的。现占地76亩多（50738平方米），寺院山门内有钟、鼓楼对峙，中轴线上的主体建筑依次是大雄宝殿、法堂、大雁塔、玄奘三藏院。

走过雁塔北路，到达亚洲最大的音乐广场，广场上的门坊建筑首先映入眼帘，左边门坊坊楣上刻有"慈恩祖庭"四个大字，右边门坊坊楣上刻有"法相宗脉"四个大字。见此八个字，就可一下子捋顺唯识宗的渊源。唯识宗在佛教里又称法相宗，也称慈恩宗，是中国佛教鼎盛时期繁荣兴盛的十个宗派之一，以万法唯识之法门为主。因为玄奘大师，现在的大慈恩寺为国家AAAA级旅游景点。

在大慈恩寺前面的广场上，有着玄奘大师的塑像，眼前浮现出一代大师当年的风采，令人生起仰慕之情。此时的西安，细雨飘飘洒洒，扑灭了初夏的热潮、洗去了植物上的灰尘，清凉可意。走进大慈恩寺的大门，城市中的喧嚣顿时被隔离而去，环境一下子清静下来。无论在什么地方，只要一走进寺院或是道观，宁心静气的感觉总是迎面而来，隐隐约约中有熟悉又遥远的气息，这样的气息，张扬出一种亲切与温暖，这大概是隔世的相约吧。

实际上，大慈恩寺与其他许多地方的寺院比较起来，并无多大特别之处，无非就是传统的经典建筑，彩画朱漆，大柱挺立、翘阁飞檐，都透出庄重、古朴、坚实、精致、壮观的风格。可就是自己内心的那份情结，使得大慈恩寺在我心中有更庄严的感觉，更由于大慈恩寺是唯识宗的祖庭，是玄奘大师译经和讲法的道场所在，庄严的感觉就更要浓厚一些。

进入大慈恩寺，右边即是钟楼，内挂一大青铜钟，左边是鼓楼，内置一大鼓，内外形建筑一模一样，虽然不宏伟，但架构淳朴，颇具观瞻，且具有历史文物和文化的价值，也就显得深厚了。

　　大慈恩寺前的般若柱、悬挂的大铜钟、殿前阶梯的雕龙，都体现出佛教文化和中国传统文化相融合后的艺术成就，辉煌而精致，透出了历史的凝厚和艺术的飞扬。曾经走进过许多的寺院，见过许多大大小小的佛像，大慈恩寺内大雄宝殿的佛像最让我欣赏，其慈悲庄严、解脱自在，无不透出佛的真正神韵，这是唐朝的杰作，也是中国工艺师们创造的最上乘的作品。大殿内释迦牟尼佛塑像的左边，是头陀苦行第一的摩诃迦叶尊者，是佛祖的十大弟子之一；佛祖的右边，是释迦牟尼的堂弟阿难，也是佛祖的十大弟子之一。大雄宝殿后面，就是闻名世界的大雁塔了。

　　在芒种节气期间，来到西安的大慈恩寺，于我而言，十分欣慰。

大唐芙蓉园

河阴荞麦芒愈长，梅子黄时水涨江。

王孙但知闲煮酒，村夫不忘禾豆忙。

——长卿《芒种》

芒种的"芒"字，是指麦类等有芒植物的收获；芒种的"种"字，是指谷黍类作物播种的节令。

在芒种时节，除了收割麦子，播种谷物外，民间有几种沿袭的风俗活动，挺有意思。据相关资料记载的民俗活动主要有以下几种：

一是送花神。芒种已近五月间，百花开始凋残、零落，民间多在芒种日举行祭祀花神仪式，恭送花神归位，同时表达对花神的感激之情，盼望来年

再次相会。

　　二是安苗。这是皖南的农事习俗活动，始于明初，每到芒种时节，种完水稻，为祈求秋天有个好收成，各地都要举行安苗祭祀活动，家家户户用新麦面蒸发包，把面捏成五谷六畜、瓜果蔬菜等形状，然后用蔬菜汁染上颜色，作为祭祀供品，祈求五谷丰登、村民平安。

　　此外还有打泥巴仗。贵州东南部一带的侗族青年男女，每年芒种前后都要举办打泥巴仗节。当天，新婚夫妇由要好的男女青年陪同，集体插秧，边插秧边打闹、互扔泥巴。

　　从以上介绍的芒种时节的民俗活动来看，园林与芒种似乎完全不相关联。然而在西安逗留的这几天，有位老朋友给我提出了一个节气与园林的题目，希望我能在这上面发挥一下，顺便写一写对西安的旅游观感。我沉思了好一会，觉得实在难以找到一个突破口，后来终于想起了民俗里有芒种节日送花神的活动，那么就找一个与花有关的园林去看看，兴许还能写出一些什么东西。于是与老朋友商量了一下，觉得可以去大唐芙蓉园。因为这是一个以花为名的园林。

　　实际上，大唐芙蓉园并不是一个以芙蓉花为主题的园林，它是在原唐代芙蓉园（皇家园林）遗址以北，仿照唐代皇家园林样式重新建造的，是中国第一个全方位展示盛唐风貌的大型皇家园林文化主题公园，占地面积一千亩，其中水域面积三百亩。而芙蓉园的名称，早在隋文帝建园初期就已经命名。唐玄宗的时候，对其进行了大肆扩建，修建了紫云楼、彩霞亭、临水亭、水殿、山楼、蓬莱山、凉堂等建筑。

2002 年，在原唐代芙蓉园遗址以北，仿照唐代皇家园林建造，中国第一个全方位展示盛唐风貌的大型皇家园林式文化主题公园开工建设，2004 年落成，建有紫云楼、仕女馆、御宴宫、杏园、芳林苑、凤鸣九天剧院、唐市等许多仿古建筑，是中国最大的仿唐朝皇家建筑群。

大唐芙蓉园处处展现着浓烈的唐风遗韵。尤其是以现代建筑工艺和材质呈现唐代建筑风格的紫云楼，雄浑而壮观，极有气派。登上楼台，看前面人造湖泊水波浩渺、看远处大雁塔夕照，颇心旷神怡。紫云楼里也收藏了不少出土的文物，可以供人观瞻。这座园林很大，在里面走了将近 5 个小时还没走完，各处景点的设置也别具匠心。

作为皇族、平民汇聚盛游之地的皇家园林，唐玄宗表现出了他雄浑大度的一面，包括芙蓉园在内的曲江，成了当时长安城唯一的公共园林，曲江流饮、杏园关宴、雁塔题名、乐游登高等脍炙人口的文坛佳话均发生在这里。

"从唐玄宗时代开始，皇帝游幸芙蓉园成为一种经常性的活动，春夏秋三季似乎每季都有，尤其是在二、三、四三个月中，形成了基本固定的游赏日期。二月初二中和节，皇帝驾幸芙蓉园，欣赏早春之景；三月初三上巳节是曲江胜游的高潮，皇帝会在此时登临芙蓉园紫云楼，万民同乐；四月初一的

樱桃宴也多在芙蓉园内举行。此外，还有一个'杏园探花'的故事，源于唐代芙蓉园中的杏园，唐代及第进士参加吏部的关试后，要进行许多次的宴集，这许多次的宴集总称'关宴'，杏园探花宴是其中的重要活动之一。进士发榜后，新科进士在杏园初次聚会，称为探花宴。杏园宴中的探花游戏，是由大家推选两名年轻英俊的进士充当探花使，由他们骑马遍游曲江附近乃至长安各大名园，去寻觅新鲜的名花，并采摘回来供大家欣赏。"

导游向我们介绍着历史上有关芙蓉园的盛事。

也知道了不少典故轶事。我在后来的回味当中，觉得弥漫着伟大和浪漫气质的大唐芙蓉园，其实是与芒种息息相关的。因为芒种意味着早熟的粮食要收割，晚熟的作物要播种，粮食丰收，有着良好的收成，百姓衣食就会丰足，国家就会繁荣安泰。

历史上唐朝的长安城，极具开放和包容的胸襟，是当时全世界最繁华、最先进的世界性大都市。因其开放和包容，给这个国家带来了巨大的活力与创造力，也造就了一个优雅从容、气度非凡、文明和谐的社会，同时也创造了无与伦比的文化艺术，在芙蓉园里，充分感受到了大唐的神韵风采。

夏至：骄阳渐进暑徘徊

当太阳的光芒越过山岗

将骄阳的暑热

撒在辽阔苍茫的大地

谁踏歌而来

带来一阵雷雨

泼洒出东边日出西边雨的景象

北京地坛公园

昼晷已云极，宵漏自此长。

未及施政教，所忧变炎凉。

公门日多暇，是月农稍忙。

高居念田里，苦热安可当。

亭午息群物，独游爱方塘。

门闭阴寂寂，城高树苍苍。

绿筠尚含粉，圆荷始散芳。

于焉洒烦抱，可以对华觞。

——韦应物《夏至避暑北池》

读着唐代诗人韦应物的这首诗，公历 6 月 21 日左右，夏至来到。夏至时值麦收，自古以来有庆祝丰收、祭祀祖先之俗，以祈求灾消年丰。周代夏至要举行祭神仪式，明清帝王承袭《周礼》之制，每逢农历夏至凌晨，皇帝亲诣此台条招"皇地祇""五岳""五镇""四海""四渎""五陵山"及本朝"先帝"之神位，曰"大祀方泽"（古时祀典分大祀、中祀、群祀三等级）。

北京地坛，又称方泽坛，是明、清二朝皇帝祭地的神圣之坛。整个建筑从整体到局部都是遵照我国古代"天圆地方""天青地黄""天南地北""龙凤""乾坤"等传统和象征设计的。

据史料所讲，"祭祀共分九个仪程，即迎神、奠玉帛、进俎、初献、亚献、终献、撤撰、送神、望瘗。清乾隆七年额定地坛设文、武、乐舞生 480人，执事生 90 人。每进行一项仪程，皇帝都要分别向正位、各配位、各从位行三跪九叩礼，从迎神至送神要下跪 70 多次、叩头 200 多下，历时两小时之久。

明嘉靖九年（公元 1530 年 5 月），在当时的京城北郊垒起了一个方形土丘作方坛；11 月，将这个北郊之坛命名为地坛。嘉靖十年（公元 1531 年）4月，地坛建造工程完成。5 月，明世宗亲祀皇地祇于方泽，此为地坛首次祭祀大典。清乾隆十五年（公元 1750 年）遵乾隆皇帝之旨谕进行改建，将黄琉璃砖坛面改换为艾青石坛面。

来到北京市东城区安定门外大街的地坛公园，感受到了明、清皇室祭地时的严肃与庄重，先人们敬畏自然、祈福消灾的虔敬与诚恳，农业社会里人们庆祝丰收的喜悦与欢畅。

方泽坛现为 1981 年按清乾隆时形制恢复建筑。坛平面呈方形，象征"天圆地方"之传说。中心坛台分上下两层，周有泽渠、外有坛墙两重，四面各有棂星门。下层坛台南半部东西两侧各有一座山形纹石雕座，其上共设山形纹石神座十五尊，供祭祀时奉安五岳、五镇、五陵山之神位；北半部东西两侧各有一座水形纹石雕座，其上共设山形纹石神座八座，供祭祀奉安四海、四渎之神位，外墙东北部为望灯杆，与其对称的西北部原有瘗坎一处。

在围观了方泽坛之后，依次对地坛公园内的钟楼、神库、宰牲亭、斋宫、皇祇室、神马殿、牌楼等景点进行了参观。据说，1990 年的北京亚运会开、闭幕式上的钟声，就来自地坛钟楼内的坛钟。感受古时配合祭地仪式的建筑和文化神韵，在恢宏大气的场景内对大地生起无比感恩和亲切的情愫。哦，无边的大地、辽阔的大地、深厚的大地，给生命以稳重的承载，给生命以不尽的营养，给生命以庇护，给生命以丰厚的赐予。

感谢大地！

地坛公园内还有 200 株有着 300 多年树龄的古树，种类有侧柏、桧柏、国槐、枣树、榆树、银杏、楸树，最著名的就是独臂将军柏和大将军柏、老将军柏三棵古树，吸引了众多的中外游客。

最后，导游将我们带到了地坛内的中医药养生文化园，该文化园为中国第一家以中医药养生文化为主题的特色园区。漫步当中，导游在小喇叭里背着熟稔的解说词："园区以心、肝、脾、肺、肾、五脏为主要分区，配以五行、五色、五方的内涵，以水栖和陆路为经脉经络，将全园连接成一个完整的生命形体……"

对了，夏至这天，在小面馆吃碗担担面或者炸酱面，既应了老北京夏至吃面的传统，又体验了人生慢时光的悠闲。

四川彭山仙女山

养无晨昏膳，隐无伏腊资。

遂求及亲禄，黾勉来京师。

薄俸未及亲，别家已经时。

冬积温席恋，春违采兰期。

夏至一阴生，稍稍夕漏迟。

块然抱愁者，夜长独先知。

悠悠乡关路，梦去身不随。

坐惜时节变，蝉鸣槐花枝。

——白居易《思归 时初为校书郎》

"夏至一阴生"，此时太阳辐射达到了极点，与阳相对的阴即生起来了，

地面潮湿起来了。从养生的角度来说，夏至这天尽量不要做剧烈的运动，而是要安排时间来静坐，静坐的时间越长，身体的机能就会得到更好的休养。

与夏至养生最有关联的地方，莫过于四川彭山的仙女山了。仙女山又称彭祖山，是商朝大夫彭祖修身之地，被尊为中华养生第一山。彭祖去世后，他的三女儿在此结庐守墓，百年后羽化成仙，后人为了纪念她，起名为仙女山。

彭祖栖息过的仙女山，给世人留下了许多有关于养生方面的知识和文化，许多人到此来顶礼膜拜，求取养生真经，领悟和体验养生之道，以追求健康生活。

仙女山有神秘奇绝、举世无双的天下第一地——天然太极地；有全国养生文化最丰富齐全、最成体系的陈列馆，中华养生文化第一殿——养生殿；有坐高28米、立高32米的世界第一大双佛——彭山双佛。

空中俯视，仙女山由阴阳二山相抱，其形似天然太极图，阳鱼之山由低向高升起，阴鱼之山由高向低下降，暗合了阳气上升，阴气下沉的太极原理，故有天然太极地之称。

仙女山的山脚，塑有中华第一寿彭祖的石雕，立有"仙山胜境"的牌坊。走进牌坊，走上了通向山顶的九百九十九阶长寿阶梯。之后来到了彭祖祠，彭祖祠主体建筑是承师殿，殿内供奉的是彭祖及其八大弟子。彭祖的左右两边，是他的两位胁侍——金童玉女。彭祖像左侧，供奉的是西王母，右侧供奉的是采女，她是彭祖唯一的女弟子，传说也是彭祖的妻子。

大殿左右两壁有八尊塑像，他们是彭祖的八位高徒：白兔公子、秀眉公、黑穴公、青衣乌公、不肯来、太足君、离患公、高丘子。彭祖祠右前方有座仿古牌坊，为"高山仰止"坊，过"高山仰止"坊后，穿过两厢为仿古明清建筑廊房，就是彭祖仙室和彭祖墓。彭祖墓墓室前的台阶上，有个太极图，据考证，它的制作蓝本就是彭祖山天然太极地的地形图。

在彭祖墓的左侧，有一块占地 582 平方米的采气场，据说是彭祖山聚天地间灵气的风水宝地，采气场建筑采用天方地圆、六十四柱和四角正对的格局，绕以水池、回廊。

许多修炼气功和养生之道的人，专门到采气场来采气，正如宋朝诗人张耒的《夏至》一诗所说：

长养功已极，大运忽云迁。

人间漫未知，微阴生九原。

杀生忽更柄，寒暑将成年。

崔巍干云树，安得保芳鲜。

几微物所忽，渐进理必然。

匪哉观化子，默坐付忘言。

采气场旁边的养生殿，建筑外形仿明清格调，显得古朴而典雅。殿内通过一系列形象逼真、栩栩如生的雕塑、壁画、彩画、书法等艺术形式，从心理学、医学等角度，充分展示了中华长寿始祖彭祖的导引术、膳食术等养生长寿秘诀。

彭祖山绿树成荫，修竹滴翠，沿石阶往上慢行，途中可以看到绝壁之上的彭山双佛，双佛一立一坐，立佛为释迦牟尼佛，半立雕，通高28米。坐佛为多宝如来佛，半立雕，通高24米。据考证，双佛建造于唐开元初年（公元713年），距今已一千三百多年。

往上，来到九天栈道和重阳亭。在这里，还可看到仙山奇观——天然立体太极地。"沿着层层石阶而上的彭祖山，是一条阳鱼，鱼尾从进山牌坊开始，逶迤直上，越升越高，由彭祖仙室直达山顶，成一上翘的鱼头。新建的气势宏伟的慧光寺大殿，它处于鱼头最高处，而彭祖墓恰好在阳鱼鱼眼。阳鱼的左前方和后方断为悬崖，悬崖微微隆起一冈，渐隆渐大，在彭祖山西南边，环抱彭祖山，最后成为一高大的阴鱼。鱼头与彭祖山尾部相接，那就是寿泉山。彭祖山与寿泉山首尾相连，中间有道呈"S"形的深沟，将阴阳二鱼分开（这条沟现已被联合国粮农组织认定为世界茶叶的发源地），阳鱼之山——彭祖山，是由低向高升起，而阴鱼之山——寿泉山，则是由高向低而下，恰应阳气上扬、阴气下沉的太极原理。从中国民间风水学的观点来看，真是绝无仅有的奇妙风水宝地。

　　继续往山顶缓缓而走，来到塑有汉白玉仙女塑像的仙女平台，相传她是彭祖的三女儿，原名三娥。山顶还有一座不小的慧光寺。慧光寺初名彭女宅，彭祖的三女儿三娥仙逝后，祠庙改名仙女庙，民国末期改名慧光寺。慧光寺主要由弥勒殿、观音殿、大雄宝殿、仙女洞等组成。在弥勒殿右侧，有彭祖的三女儿三娥炼丹修真仙的胜地——仙女洞。

小暑：落日疏钟小槐雨

倏忽温风至

因循小暑来

那晴柳摇摆的河岸

蜻蜓们飞来飞去

酣畅地舞着

又飞到那美丽的园林

将池莲自在的花香

带向远方

绍兴南亭

夜热依然午热同，开门小立月明中。

竹深树密虫鸣处，时有微凉不是风。

——杨万里《夏夜追凉》

　　每年的 7 月 7 日左右，小暑来到，意味着正式进入了三伏天。小暑前后，雷暴雨偏多，也是田间地头的农忙日子，过去朝廷的各级官府，都要提醒农民在田间劳作的时候，注意加强对雷暴雨的预防。

　　在养生方面，小暑时节的养生保健有四大注意事项：平心静气以养心、饮食宜清淡适量、外出时做好防暑、不要贪凉少进冷食。

谈到平心静气以养心，绍兴的兰亭是一个好去处。兰亭是东晋著名书法家王羲之的住所。书法有一个神奇的功效，当手一提起毛笔，准备在宣纸上挥毫之时，这心呀，一下子就宁静下来了，待渐渐神注笔端，尽兴泼墨之时，所有的外境都消殒一空，直至最后一个字一落笔，那书写的酣畅与内心的宁静，将平时的浮躁与焦急都给治愈了。

兰亭位于浙江省绍兴市西南部的绍大公路边。这座园林最大的特点是"文化"内涵。东晋永和九年（公元353年），王羲之邀集了42位友人举行集会，进行曲水流觞活动，吟诗写序，成为千古佳话。后世出于仰慕，也是为纪念，在书法家当年集会之地建了兰亭、流觞亭、墨华亭、右军祠等建筑，形成了一处文化气息浓郁的景观园林。

让我们来想象一下当年的场景：

王羲之在自家的园林里弄了一条人工溪流，弯弯曲曲的，溪水平静缓慢地流着。那天晚上，谢安、孙绰等42位高雅之士在王羲之的邀请下，来到园林，顺着这条缓缓流淌的九曲溪流，相距不远地坐着，饮酒、吟诗、作赋，或者谈玄论道，或者纵论天文地理及国家大事。

他们坐在溪流边，将杯盏斟大半量的米酒，放在溪流中，米酒在水中漂流的同时，他们行着酒令，令止之处，杯盏漂到谁的面前，要么就作一首诗出来，要么就俯身将杯盏从溪中端起，将酒一饮而尽。

几个妙龄侍女，姿势优雅地帮他们捞杯盏、斟酒。

在夏天的夜晚，月明星稀，伴着蛙声与蟋蟀的鸣唱，他们在溪流中漂着酒杯，也放漂河灯。

多美！

多么富有诗意！

多么富有情趣！

"后来王羲之汇集各人的诗文编成集子，并写了一篇序，这就是著名的《兰亭集序》。传说当时王羲之乘着酒兴方酣之际，用蚕茧纸、鼠须笔疾书此序，通篇28行，324字，凡字有重复者，皆变化不一，精美绝伦。

当我走进兰亭的时候，几乎有点屏息静气，生怕自己的粗俗给这里带来不和谐的音调。在此之前，我也认真看了一下园林介绍资料的相关文字，兰亭布局以曲水流觞为中心，四周环绕着鹅池、鹅池亭、流觞亭、小兰亭、玉碑亭、墨华亭、右军祠等。

鹅池亭为一三角亭，内有一石碑，上刻'鹅池'二字，'鹅'字铁划银钩，传为王羲之亲书；'池'字则是其子王献之补写。'鹅'字略瘦，'池'字略胖。一碑二字，父子合璧。这座小碑亭和亭旁鹅池的设立是缘于王羲之爱鹅的故事。

鹅池的规划和布置极具匠心，优美而富有变化，四周绿意盎然，池内有鹅成群，悠游自在。由鹅池碑亭过鹅池南行，不远即可到达小兰亭。

小兰亭是一四方形的小亭，顶式为单檐盝顶，中心立有宝顶，比较精巧特别。小亭内立有一方石碑，碑上刻"兰亭"二字，为康熙御笔。

在小兰亭的西北位置有一座体量较大的亭子，这就是因曲水流觞而得名的流觞亭，实际上是一座四面开敞的厅堂式建筑，上为单檐歇山顶，这里是兰亭的中心，亭前曲水叠石，绿柳成荫，是今人流觞咏饮、举行仿古活动的场所。

御碑亭在流觞亭的南面，是一座特别大的亭子，平面八角形，亭内置有一方高大的石碑，碑的正面刻的是康熙皇帝临摹的《兰亭集序》全文，背面则刻着乾隆所制《兰亭即事诗》，祖孙手迹同碑，堪为佳话。

墨华亭建在右军祠庭院内的水池中，亭为四角攒尖式。亭下水池为墨池，是依据王羲之练书法墨水染黑一池水的传说而建，亭便也因池而名"墨华"了。

曲水流觞，是兰亭的招牌景点，是文人流杯作诗聚会的场所。流觞亭前，一条"之"字形的曲水，中间有一块木化石，上面刻着"曲水流觞"四个字。显现了王羲之《兰亭集序》所描绘的景象"此地有崇山峻岭，茂林修竹，又有清流急湍，映带左右，引以为流觞曲水。"

　　兰亭，雅风习习，裹挟着艺术情怀与浪漫之风，弥漫在千年未曾飘散的时空，就如陆游的诗《兰亭》所写：

　　　　兰亭绝境擅吾州，病起身闲得纵游。
　　　　曲水流觞千古胜，小山丛桂一年秋。
　　　　酒酣起舞风前袖，兴尽回桡月下舟。
　　　　江左诸贤嗟未远，感今怀昔使人愁。

北京北海

　　随着小暑节气的到来，天气一天比一天炎热，尤其是北方大地，在太阳热辣辣的照射下，人都想往荫凉地方去。现在家家户户都有了空调，可以坐在屋子里就享受到舒适的凉快，此时，到北海游览一下更有意义。如北宋的秦观所写《纳凉》一诗：

　　　　携杖来追柳外凉，画桥南畔倚胡床。
　　　　月明船笛参差起，风定池莲自在香。

　　像秦观先生诗里描述的美景与意境，在自己家里就无法享受到。想来，就如今的大都市而言，北海公园应有这样诗意的景致。北海公园位于北京城中心，景山西侧，主要由北海湖和琼华岛组成，是中国现存最古老、最完整、

最具综合性和代表性的皇家园林之一。北海在辽金时已经辟建，元朝忽必烈三次扩建琼华岛，重建广寒殿，以琼华岛为中心建成了大都。明清二朝，均对整个北海加以扩建、修整，其格局以山为中心、以水环绕，形成了建筑丰富、景观齐备的园林，至今已有上千年历史，是中国保留下来的最悠久最完整的皇家园林。

北海最吸引人的，就是近40公顷的湖水和有着浓厚人文情怀的琼华岛。看环绕在琼华岛的清澄湖水，想到了"仁者乐山，智者乐水"的千古名句。

中国的哲学，就是水的哲学。《老子》第八章曰："上善若水。水善利万物而不争，处众人之所恶，故几于道。居善地，心善渊，与善仁，言善信，政善治，事善能，动善时。夫唯不争，故无尤。"大意是说：一个人如要效法自然之道的无私善行，便要像水一样。水具有滋养万物生命的德行，它能使万物得到它的利益，而不与物争利。它宁愿自居下流，藏垢纳污而包容一切，以成大度能容的美德，所以这样几乎接近于道。心境养到像水一样，善于容纳百川的深沉渊默，行为修到同水一样助长万物的生命，说话学到如潮水一样准则有信，立身处世做到像水一样持平正衡，做事像水一样调剂融合，把握机会、及时而动，做到同水一样随着动荡的趋势而动荡，跟着静止的状况而安详澄止。再配合最基本的原则，与物无争、与世无争，如此就能永无过患亦能安然处顺。

　　老子关于水的论述，给了中国人深刻的影响，在中国人的骨子里植入了谦虚、善良、仁德、助人、寡欲、洒脱的美德，在这些美德的滋养下，中国人养成了天人合一、顺应自然、修身养性、怡然自得的心性。

　　首先，经过北海的金鳌玉蝀桥，来到团城。团城当年作为辽代瑶屿行宫的部分，是当时水中的一个小岛，明代时将金昭景门外湖渠填平，使团城成了一座半临水半接岸的半岛。团城上除了承光殿这一中心建筑外，还有玉瓮亭、古籁堂、馀清斋、敬跻堂等重要建设。

　　之后，踏上建于元朝初期修建的永安桥，两座名为"堆云""积翠"彩绘牌坊映入眼帘，走进去，就是琼华岛了。只见岛上古树参天、绿荫如盖，皇家建筑与寺院建筑的殿阁参差相连。再往里走，便是初建于清顺治八年（1651 年）的白塔寺，白塔巍然高耸，是北海的一大标志性建筑，站在北京城的很多地方都可以看到。

　　白塔寺自下而上，依山势而筑，主要建筑有法轮殿、正觉殿、普安殿、配殿、廊庑、钟鼓楼等，于清乾隆八年（1743 年）改为永安寺。

　　琼华岛的西面，原是清代皇帝游园时休息、议事或举行宴会的悦心殿，殿后的庆霄楼是乾隆帝陪其母后冬季观看冰上掷球竞技的地方。

　　在西北面的阅古楼内，存放着自魏晋至明代以来的法帖 340 件，题跋 210

多件，石刻495方，内壁嵌存的摹刻故宫中的《三希堂法帖》，为清乾隆年间原物。琼华岛的东北坡是"燕京八景"之一的"琼岛春荫"，还有乾隆帝御题的"琼岛春荫"碑。

从琼华岛走出来，踏上与东岸连接的陟山桥，再一次赏山、赏水、赏岛、赏桥。之后信步来到北海东岸，依次观赏先蚕坛、画舫斋、濠濮涧、藏舟浦等。再来到有着极乐世界、阐福寺、西天禅林喇嘛庙、五龙亭、九龙壁、静心斋等建筑的北海北岸，欣赏东方建筑特有的神韵，感受深厚的人文风情。

静心斋，可以说是北海的一座园中之园，其建筑上面的彩画既雍容华贵，又雅致精美。静心斋内的沁泉廊，是夏季纳凉和闲时常景的极好之处，在韵琴斋，可以静听声如琴音的潺潺泉水之声，在青竹叶影摇曳之下，读读书、弹弹琴，美好的慢时光自此弥漫开来，不亦美哉！

对了，在北岸的极乐世界殿里徜徉一番，在北岸最为高大的建筑万佛楼里用最虔诚的心参拜一下，使自己的内心得到净化，也就不虚到北海一行了。

大暑：披襟拦得一西风

就在大暑这样的热烈里

将一怀的烂漫

飘过荷花摇曳的池塘

最好在典雅的园林里

沏一壶香茗

拦一袭西风

惬意着

北京颐和园

绿树荫浓夏日长，楼台倒影入池塘。

水晶帘动微风起，满架蔷薇一院香。

——高骈《山亭夏日》

读着唐代诗人高骈的这首诗，在7月下旬炎热的三伏天里，大暑节气来了。从农事上来说，"禾到大暑日夜黄"，此时要瞅着好天气，对早稻进行收割，对晚稻进行插秧，同时要加大抗旱灌溉力度。

这个季节，在田间地头忙碌的农人挥汗如雨，忙收割、忙播种、忙侍候庄稼，非常辛苦，宋代诗人戴复古在《大热》一诗里将这种情形描述得淋漓尽致：

天地一大窑，阳炭烹六月。

万物此陶熔，人何怨炎热。

君看百谷秋，亦是暑中结。

田水沸如汤，背汗湿如泼。

农夫方夏耘，安坐吾敢食？

农人们在田间地头忙碌，对喜欢读书的文人雅士们，哪里是消暑解热的好去处呢？北京的颐和园当为首选。

颐和园自万寿山顶的智慧海向下，是创建于清代乾隆年间的一座皇家园林，是乾隆皇帝为孝敬其母孝圣皇后而亲自指导设计的一座园林，由佛香阁、德辉殿、排云殿、排云门、云辉玉宇坊，构成了一条层次分明的中轴线，形成了从现清华园到香山长达二十公里的皇家园林区。颐和园是以昆明湖、万寿山为基址，以杭州西湖为蓝本，汲取江南园林的设计手法而建成的一座大型山水园林，也是保存最完整的一座皇家行宫御苑。

高58.59米的万寿山，属于燕山余脉，作为清代皇家园林之所在，综合了空间与时间的艺术，景随时换，步移景转。万寿山上的殿阁造型精美，红墙黄（绿）瓦在绿荫掩映下，既透出了人文历史的沉重与肃穆，也展现出了无尽的神韵与风采。

佛香阁是万寿山前山的主景，也是建得最高的楼阁，楼阁体量高大，建在一个高21米的方形台基上，立于阁楼上俯视，可将3平方公里的昆明湖景致一览无余。佛香阁原阁于咸丰十年（1860年）被英法联军烧毁，后来光绪十七年（1891年）又进行了重建。充分说明人间的艺术既脆弱又坚强，在一次战火中都会烟消云散，又可以在人类的匠心打造下，历劫而重生。

佛香阁的东面，有一座宗教性建筑转轮藏，由一座居中的三层殿和两座配亭、昆明湖石碑组成。排云殿在佛香阁的前方，在万寿山前建筑的中心部位，原为乾隆为他母亲60寿辰而建的大报恩延寿寺，慈禧重建时改为排云殿，是慈禧在园内居住和过生日时接受朝拜的地方。

宝云阁在佛香阁的西面，全部用铜制成，工艺繁复、造型精美，是中国目前尚存的工艺最精致、体量最大的铜铸品之一。

被列入"吉尼斯世界纪录"的长廊，位于万寿山南麓，面向昆明湖，北依万寿山，东起邀月门，西止石丈亭，全长728米，共273间，是中国园林中最长的游廊，也是世界上最长的长廊。廊上的每根枋梁上都有彩绘，共有图画14000余幅，内容包括山水风景、花鸟鱼虫、人物典故等。

颐和园之引人入胜，除了万寿山之外，还有碧波荡漾、水性依依的昆明湖。吸引着无数摄影家前来拍摄的十七孔桥横卧于湖上，湖中的西堤及堤上的六座桥，仿效杭州西湖的苏堤和苏堤六桥，倒也十分精美，堤上桃柳成行，映景成趣，不胜优美。西堤及其支堤把湖面划分为三个大小不等的水域，每个水域各有一个湖心岛。这三个岛在湖面上成鼎足而峙的布列，象征着中国古老传说中的东海三神山——蓬莱、方丈、瀛洲。从昆明湖上西望，园外之景和园内湖山浑然一体，这是中国园林中运用借景手法的杰出范例。

对了，在颐和园昆明湖东岸，有一个制作精良的镇水铜牛，被喻为牛郎化身；在西岸有一幅线条图画优美的耕织图，被喻为织女化身。它们隔着昆明湖遥相呼望，仿佛正是牛郎织女的故事演绎。

承德避暑山庄

北方的夏季，与万物的蓬勃绿意相对应的，就是天气的酷热，似乎要将每个人体内的水分全都烘烤干似的。在这样的高温酷热当中，这人呢，也就容易动肝火，不太容易平心静气，容易出现心烦意乱、无精打采、食欲不振等症状。古时没有空调，在京城皇宫内办公的帝王和文武百官们，也常常在这样的酷热当中焦躁不安。索性，就在承德修建了夏天避暑和处理政务的场所——避暑山庄。

避暑山庄从1703年开建，历经康熙、雍正、乾隆三朝，耗时89年建成。建成后的避暑山庄取自然山水之本色，吸收江南塞北之风光，以朴素淡雅的山村野趣为格调，分为宫殿区、湖泊区、平原区、山峦区四大部分，面积是北京颐和园的两倍，是我国现存最大的皇家园林。整个山庄东南多水，西北多山，是中国自然地貌的缩影，是中国园林史上一个辉煌的里程碑，是中国古典园林艺术的杰作，也是中国古典园林的最高范例。

避暑山庄山中有园，园中有山，大小建筑有120多组。吟着司马光的

《六月十八日夜大暑》诗，在酷热的大暑之日，我们走进了避暑山庄。诗曰：

> 老柳蜩螗噪，荒庭熠耀流。
> 人情正苦暑，物怎已惊秋。
> 月下濯寒水，风前梳白头。
> 如何夜半客，束带谒公侯。

避暑山庄以湖区为景观重点，在山庄的东南部，面积有443.5万平方米，有西湖、澄湖、如意湖、上湖、下湖、银湖、镜湖、半月湖八处大小湖泊，统称为塞湖。按照一池三山的形式布置，湖中有如意洲、月色江声、环碧、青莲、金山等多座岛屿。

位于山庄西北部的山区，有博仁寺、博善寺、普乐寺、安远庙、普宁寺、普佑寺、广缘寺、须弥福寿之庙、普陀宗乘之庙、广安寺、罗汉堂、殊像寺12座辉煌庄严、雄伟壮观的喇嘛寺庙群。

平原区位于山庄北部，占地60.7万平方米，为一片片草地和树林，其中又分为西部草原和东部林地。草原以试马埭为主体，是皇帝举行赛马活动的场地。林地称万树园，是避暑山庄内重要的政治活动中心之一。万树园西侧为中国四大皇家藏书阁之一的文津阁。

避暑山庄的南部是宫殿区，占地10.2万平方米，由正宫（被辟为避暑山庄博物馆）、松鹤斋、东宫（已毁）和万壑松风四组建筑组成，是清朝皇帝理朝听政、举行大典和寝居之所。

整个山庄著名景观有 72 个，分别为康熙朝定名的 36 景及乾隆朝定名的 36 景。

康熙朝定名的 36 景为：烟波致爽、芝径云堤、无暑清凉、延薰山馆、水芳岩秀、万壑松风、松鹤清樾、云山胜地、四面云山、北枕双峰、西岭晨霞、锤峰落照、南山积雪、梨花伴月、曲水荷香、风泉清听、濠濮间想、天宇咸畅、暖流暄波、泉源石壁、青枫绿屿、莺啭乔木、香远益清、金莲映日、远近泉声、云帆月舫、芳渚临流、云容水态、澄泉绕石、澄波叠翠、石矶观鱼、镜水云岑、双湖夹镜、长虹饮练、甫田丛樾、水流云在。

乾隆朝定名的 36 景为：丽正门、勤政殿、松鹤斋、如意湖、青雀舫、绮望楼、驯鹿坡、水心榭、颐志堂、畅远台、静好堂、冷香亭、采菱渡、观莲所、清晖亭、般若相、沧浪屿、一片云、萍香泮、万树园、试马埭、嘉树轩、乐成阁、宿云檐、澄观斋、翠云岩、罨画窗、凌太虚、千尺雪、宁静斋、玉琴轩、临芳墅、知鱼矶、涌翠岩、素尚斋、永恬居。

康熙与乾隆对景观的定名很有意思，康熙的都是四字，乾隆的都是三字。四字的读来诗意激荡，三字的读来简洁凝练。四字的有开疆拓土于征程中的豪迈情怀，三字的有守护江山一言九鼎的不二语气。

作为皇家园林，避暑山庄既有雄浑大气的外观格调，又有典雅精致的细节雕琢；既融汇了北方粗犷豪迈的风格，又包含了江南温婉精巧的架构。72 个景观，无论是远望，还是近看，都能体会和品味到天地自然与人文化成相映成趣、相依相偎、和谐相融的曼妙。

在冬天登上南山积雪亭，向南部绵延的山脉望去，见山上的积雪横亘在蓝天白云之下，洁白如玉，景色之壮美，动人心魄。

在芳渚临流的北部、澄湖的北岸，有一座体量较大、造型特别的十六角亭，这里即是水流云在，意思是水从这里流过，云在上空飘浮，形成静中有动、动中有静的绝妙景观。

建在金山岛上的芳洲亭，小巧精致地屹立在临水的石砌台基之上，既能品水之媚，又可赏花之芳，因此命名为"芳洲亭"。

有着好听名字的萍香泮，临水而建，虽然亭子造型简单，但在此伫立静气，便能闻到青萍碧草的清幽香气，阵阵扑鼻而来。

第三辑
秋　隔江吹笛月明中

　　最喜秋里那些斑斓无比的色彩，烂漫着山原和旷野，奔放出生命里所有的感动和情怀。也最喜秋里那天高云淡、皎洁而明亮的月色，笼罩着愁绪流淌在人间，任莫名的忧伤和思念无边无际地弥漫。哦，这个季节的园林，也似乎弹拨着依恋的心弦。

立秋：独立秋天叶影落

熙熙攘攘，文盛而武弱的宋朝
在立秋这天，宫内要把栽在盆里的梧桐
移入殿内，等到"立秋"时辰一到
太史官便高声奏道：
"秋来了。"
只听轻微的"嗒"一声，或两声
梧桐应声落下一两片叶子
报秋的仪式完成
果熟叶黄的秋来了

南京瞻园

乳鸦啼散玉屏空，一枕新凉一扇风。

睡起秋色无觅处，满阶梧桐月明中。

——刘翰《立秋》

公历 8 月 8 日左右，农历二十四节气的立秋来到人间。

宋朝诗人刘翰的这首七绝《立秋》好美啊！美得让人心醉，美得让人忘却了尘世的纷扰，只想与皎洁的月光融为一体，忘了身、忘了心、忘了山河大地，只有一种清净的寂照，照古、照今、照破一切。

梧桐作为街边道旁的景观树种，似乎不大适合江南那些精致的园林。因此，一座园林能体现刘翰这首《立秋》的境界多半有些困难。以前，四川大学的西区有很多梧桐，将秋天月色里的校园点缀得十分惬意，然而在后来的建设中，那些曾经茂密的梧桐渐渐变得稀少，那种满阶梧桐月明中的风情也就烟飘云散了。

好在，如今南京瞻园外的瞻园路，道旁的法国梧桐树由于得到了较好的保护，春时绿叶葳蕤，夏时绿意蓬勃，秋时叶黄飘落，冬时孤冷傲立，将瞻园路的四季装点得分明，加之瞻园路位于南京市秦淮区夫子庙秦淮风光带核心区，因而成了许多人前来寻找浪漫感觉的一个好去处。欣赏了瞻园路法国梧桐婆娑摇曳的风姿后，走进了南京地区保存最为完好的明代古典园林——瞻园。

作为江南四大名园之一的瞻园，始建于明朝初年，坐北朝南，纵深127米，东西宽123米，全园面积2.5万平方米，主景为山、水、石，东瞻园有太平天国历史博物馆展区、水院、草坪区、古建区，西瞻园有西假山、南假山、北假山、静妙堂等景点。大门上有赵朴初先生题写的"金陵第一园"匾额。

有着中国最早的取暖设备的瞻园扇亭，位于园林中的最高位置。因扇亭全用白铜铸成，在其中燃起炭火，即使外面是数九严寒、大雪纷纷，亭子里依然温暖如春，坐在其中品铭赏梅，自有一份无可比拟的闲散适意。

　　静妙堂作为西瞻园的主体厅堂，建于明代，为三开间附前廊的硬山建筑，池水临照，花木掩映，室内以隔扇划厅为南北两鸳鸯厅。东西山墙均开小窗，南北皆为落地隔扇门。厅南建月台与坐栏，可观水池游鱼与南假山景色。在静妙堂内伫立观瞻，可见西瞻园全貌，于水院一脉间，品人文之匠心，不禁叹为观止。

　　瞻园的介绍资料将南假山以石取胜的布置做了精彩的阐述，"南假山则采用土、石并用做法，由绝壁、主峰、洞盒、山谷、水洞、瀑布、步石、石径等组合而成，表现出'一卷代山，一勺代水'的艺术效果，达到雄壮、峭拔、幽深、自然的意境，正是'循自然之理，得自然之趣'。"

　　瞻园内的仙人峰、缔云峰、友松石、步石、炸石等，均为江南园林山石之珍品，浑然透出了奇、趣、逸、雅之品格，成了瞻园的镇园之宝。

　　在节气立秋之期，到瞻园一游，于园内品中华园艺之妙，于园外看法国梧桐报秋之讯，这本身就是一个季节的追赶与守候。

苏州虎丘

虽然到了立秋，然而酷暑的炎热并没消去，随之而来的还有火热的"秋老虎"，也够人们汗如珠、喘气粗。唐朝诗人李益有一首《立秋前一日览镜》的诗：

> 万事销身外，生涯在镜中。
> 惟将两鬓雪，明日对秋风。

诗中对自己老之将至的心情写得既有些洒脱，也有点悲凉。与这首诗最为应景的，可能要算苏州的虎丘了。命名虎丘，是因为吴王阖闾死后葬在此处，有白虎居其上，故名"虎丘山"。

虎丘塔、致爽阁、双吊桶、千人石、万景山庄、拥翠山庄、剑池等，均为虎丘的著名景观，最为盛名的是虎丘塔和剑池。

在虎丘山的远处，往山一方眺望，就能见到七层八面的虎丘塔，塔高47.7米。虎丘塔就建在地势极高的虎丘山近顶处，所以从很远处一眼就能看到塔的形体。由于虎丘塔向东北偏北方向倾斜，它的塔顶偏离中心 2.34 米，最大倾斜度是 3 度 59 分，因此被称为"中国的比萨斜塔"，是中国的第一斜塔，世界的第二斜塔。

致爽阁是虎丘山地势最高的一座建筑，离虎丘塔不远，由于阁四面设有隔扇窗的原因，即使在炎热的夏季里，立于阁内也感受不到丝毫的燥热，在"秋老虎"肆虐的时节更可享受到一份难得的清凉，"致爽"二字便由此而来。

东晋时，司徒王珣和他的弟弟曾在虎丘山营建了奢华的别墅，后来又将别墅布施出去，做了寺庙，当时称为"虎丘山寺"，到宋代时改称为"云岩禅寺"，清代改为"虎阜禅寺"。于虎丘山上的一座小桥，因过去山上的僧人在桥上用桶打水，在桥上开挖了两个圆洞以方便下桶到水里，所以称为"双吊桶"，这也算得上中国的一个特色桥。

虎丘山坡面的中心是千人石，这里有一处石台景观，石上立有塔幢。这里曾是"生公说法、顽石点头"的地方。动人的故事经过是这样的：

《大涅槃经》是佛陀在涅槃之前说的最后一部大经。在中国南北朝时期，有一位叫道生的和尚，说一阐提人也能成佛。一阐提人也就是五逆之人，谓杀父、杀母、杀罗汉、恶心出佛身血、破坏僧众团结的人。当时《大涅槃经》只有上卷翻译到中国来，上卷里面说一阐提人是不能成佛的。道生在那个环境当中执意说一阐提人最终也能成佛，引起了公愤，认为他已走火入魔，甚至有人扬言要杀他，好在大多数人念在同为出家人的份上，只把他赶出了寺门，赶到了南方的蛮荒之地（那时的苏州虎丘山，算得上是蛮荒之地）。道生于是在一座山上搭了个茅棚，还是坚持自己的观点，每天坐在山上自言自语，说一阐提人也能成佛，并对身边的石头说："是不是啊?!"后来石头听了都摇动了起来。这就是"生公说法，顽石点头"的来历。后来，《大涅槃经》下卷翻译过来了，果然佛说一阐提人最终也能成佛，印证了道生的观点，大家于是对他又重视起来，并请他出山升座讲经说法。

剑池是虎丘山最为神秘的地方，也是虎丘山最为著名的景点。称它为剑池原因有三个，一是如果您从上面看，这池宛若一把平铺的剑；另一原因是传说当年为吴王阖闾殉葬的有扁诸、鱼肠宝剑三千把，故名剑池；还有一种说法是当年秦始皇与孙权都曾来这里挖过剑，剑池就是由他们所挖而成的。

从千人石上朝北看，洞门旁刻有"虎丘剑池"4个大字，浑厚遒劲，为唐代大书法家颜真卿独子颜頵所书。圆洞内石壁上另刻有"风壑云泉"，笔法潇洒，传为宋代四大书法家之一的米芾所书。崖左壁有篆文"剑池"二字，传为大书法家王羲之所书。就凭这几大书法家的笔墨，剑池就够后人千年的观瞻、凭吊了。

此外，虎丘山还有真娘墓、断梁殿、拥翠山庄、憨憨泉、试剑石、二仙亭、西溪环翠、万景山庄等景点，非常值得去细细品味。虎丘山的确不愧为"吴中第一名胜"，正如宋代大诗人苏东坡写的，"到苏州不游虎丘，乃憾事也！"

处暑：山水秋意多斑斓

婆娑摇曳的树叶儿

在与夏天的热情相拥之后

仍然带着未曾消散的温度

用最后的绿意向秋天过渡

它们的力度

正在蕴蓄着明天最美的斑斓

在辽阔大地

用报恩的姿态回向泥土

苏州耦园

疾风驱急雨，残暑扫除空。

因识炎凉态，都来顷刻中。

纸窗嫌有隙，纨扇笑无功。

儿读秋声赋，令人忆醉翁。

　　　　　　——仇远《处暑后风雨》

公历8月23日，农历二十四个节气当中的第十四个节气处暑来到。处暑也就是"出暑"，是炎热离开的意思。在宋代诗人仇远的这首诗《处暑后风雨》的意境中，我来到位于苏州小新桥巷的耦园。

耦园之美，美在三面临河一面通街。河岸边，小桥流水、绿树成荫；街边屋宅，粉墙黛瓦、闲适恬静。江南典型的老屋、小桥、流水、篷船、绿竹、老树、新花，就是这样的味道，这样的景致，带给人们向往留恋的情韵。

河面上每隔几十米远就有一座古朴的小石桥，风格不尽相同，有拱形的、有平板的，颇多意趣。小河两边的老屋的墙面早已在风雨的侵蚀下露出了斑驳的容颜。恰是这样的斑驳和错落有致的墙檐线条，映着苏州老城的格调，使得千百年来绵延的影踪，成了我们今天眼中别致的风景，也被永远定格和珍藏。

沿河的民居边，或有一丛丛的绿竹，或有一株株树龄不长也不短的树木，有女贞树、小叶榕等，在这样的盛夏里，一条条篷船在平静的河里划过，绿意蓬勃的树荫之下，平添了几分流淌的韵律。

耦园之美，美在其假山气势雄伟、挺拔峻峭。东花园是耦园的精华所在，其中的黄石假山苍劲险峻、浑厚古朴。东侧的主山在池水的温婉中突显了陡峭与凝重，名为"留云岫"；西侧的小山，山势平缓，举步之间仿佛在梦里穿行，此名为"桃屿"；从两山之间的"邃谷"谷道穿行，感受两侧如悬崖的峭壁，直让人感叹；来到主山东边的绝壁，眼见充满浪漫诗意的"受月池"，那溶溶月色的景象浮现于眼前，有云水相间的诗意。

假山东面的池水向南延伸，在池端建有名为"山水间"的水榭，于水榭眺望园中山水，有一番峰回路转、万壑千山于心胸的感慨。水池在周边亭、廊、楼、阁、树木、花草的点缀和衬托下，更显江南水乡和园林的特别韵味，让人陡生依恋情愫。

耦园之美，美在其听橹楼之情境。因耦园听橹楼与内城河仅一墙之隔，在此耦园小楼之上，正如南宋诗人陆游《发丈亭》诗曰："姚江乘潮潮始生，长亭却趁落潮行。参差邻舫一时发，卧听满江柔橹声。"在伫立或闲坐间就可听到江上的船橹之声，此小楼瞬间就流淌着一股诗意。据说，当初耦园的园主沈秉成外出之时，他的夫人就常在听橹楼上，边听橹声边等候他归来，这个故事为听橹楼增添了许多温暖的情意。

耦园之美，美在筠廊前方许多碧绿的青竹，一半入水弄倩影，一半摇曳入廊弄婆娑。

耦园之美，美在与筠廊相对的樨廊，樨廊的前方植有桂花，恰在处暑前后，园内的桂花次第开放，花香醉人，美不胜收。

耦园之美，美在其"宅园合一，一宅二园"的独特结构，其间的亭台楼阁、小桥流水、长廊曲折，尽是江南人文与自然契合的神韵。还有百龄以上的山茶、黄杨、朴树等树木，静静地守候，蓬勃地生长。

扬州个园

关于处暑天气的谚语，有两个说得很贴切：处暑天还暑，好似秋老虎；处暑天不暑，炎热在中午。更有宋代诗人苏泂的诗《长江二首其一》，将处暑间的胸臆抒发得齿颊生香，诗曰：

> 处暑无三日，新凉直万金。
> 白头更世事，青草印禅心。
> 放鹤婆娑舞，听蛩断续吟。
> 极知仁者寿，未必海之深。

吟着这首诗，带着悠然的情怀，来到位于扬州市盐阜东路的个园。个园里面有美竹万竿，将处暑的秋老虎之热隔在了竹梢之上，使人感受到凉沁，欣赏个园的闲情也就浓厚起来。

　　清嘉庆二十三年（公元1818年），两淮总督黄至筠在原明代"寿芝园"的基础上，拓展建成了自己的住宅园林，由于他生性爱竹，于是在园林中种下了万竿美竹。黄至筠经常到园中欣赏青青翠竹，张眼一望，看见无数的竹叶构成了无数的"个"字，尤其是在晚上明月皎洁的时候，"月映竹成千个字"，飘飘洒洒、轻轻摇曳着，他灵感如期而至，索性将园名取名为"个园"。除了翠竹之外，个园当中最受人喜爱的就是春夏秋冬四季假山，表达出了"春景艳冶而如笑，夏山苍翠而如滴。秋山明净而如妆，冬景惨淡而如睡"的诗情画意。

　　个园全园分为中部花园、南部住宅、北部品种竹观赏区。从住宅区进入园林，首先看到的是一个洞形月亮门。隔着月亮门观景，但见景物在不同光影的照射下，产生虚虚实实的变化，加上圆形取景框的别致，使得园林景观极具风韵。月亮门在园林中的运用，可以说是浪漫情怀极具诗意的挥洒。

　　个园当中的春山景观，主要由石笋和修竹组成，竹丛中置有形状各异的大小石笋，石笋有如未长成的竹子，修竹与石笋相互映衬，以"寸石生情"之态，显出"雨后春笋"之意。在朴朴石笋中的青青修竹，显得春意盎然，传达出了"惜春"之理念。除了竹石图画外，还有象形石点缀出的十二生肖，花坛里间的牡丹芍药，为春山增色不少。

个园当中的夏山景观，在宜雨轩的西北，在绿树青杨的掩映之下，置有一座太湖石做的叠石假山。充分利用太湖石的凹凸不平和瘦、透、漏、皱的特性，将叠石假山的堆叠脉络体现得形态万千、梦幻迷离，"远观舒卷流畅，巧如云、如奇峰；近视则玲珑剔透，似峰峦、似洞穴。"

个园当中的秋山景观，在园中的东北角，均用粗犷的黄石堆叠而成，显得气势磅礴、刚劲峻拔，山石之间配有青松、翠柏、丹枫等树木，在力承千钧的豪迈当中，黄石稳厚的性格得到了彰显，同时因丹枫浓烈的渲染，秋的色彩漫漫染于假山之间，生出了几许回肠荡气之感。

除此之外，"在山洞中左登右攀，境界各殊，有石室、石凳、石桌、山顶洞、一线天，还有石桥飞梁，深谷绝洞，有平面的迂回，有立体的盘曲，山上山下，又与楼阁相通。"秋山山顶还置有一亭，形成全园的最高景点，在此观景，颇生豪情。

个园当中的冬山景观，在东南的小庭院中，这里有三面粉墙，倚着墙体堆叠着颜色洁白、体态圆浑的宣石，宣石又称雪石，因内含石英，纹理上露出白雪一般的色泽，迎光闪闪发亮，背光耀眼放白。山石依靠的墙壁留有一个个被称为风音洞的小圆洞，在寒风中呜呜作响，产生了雪野当中北风呼啸的效果，倍添冬的萧瑟与凄冷，形成了冬天大风雪的气氛。同时由于宣石上纹理的巧妙运用，突出了冬日里积雪未化的寒冷之感。

此外，"利用雪石造山之时，还着意堆塑出一群大大小小的雪狮子，或跳或卧，或坐或立。"由此，静中有动、动中有静的雄浑，在小庭院中展示出来。

个园当中除了精美绝伦的四季假山之外，还有抱山楼、清漪亭、丛书楼、住秋阁、宜雨轩、觅句廊等亭台楼阁，展示了深厚的人文底蕴与情趣。

白露：白露凋花花不残

秋老虎过去后

孟秋结束，仲秋开始了

这时候，白露来到了苍茫大地

天气有了一丝丝凉意

"白露秋风夜，一夜凉一夜"

哦，凉爽的秋天来了

色彩斑斓的秋天来了

天高云淡、望断南飞雁的秋天来了

融汇着无尽思念的秋天

裹袭着几许忧郁的秋天

交织着绿的、红的、黄的、枯的

秋天，来了

济南趵突泉

白露团甘子，清晨散马蹄。

圃开连石树，船渡入江溪。

凭几看鱼乐，回鞭急鸟栖。

渐知秋实美，幽径恐多蹊。

——杜甫《白露》

在公历 9 月的一天，读着唐代诗人杜甫的这首《白露》，农历二十四节气的白露来到大地。

我以为，秋露时节，最适宜去的园林之一要算济南的趵突泉了，因为趵突泉公园里的泉水带着秋的纯净，清澈甘美。

　　济南泉眼众多，有"泉城"之称，其中：趵突泉、金线泉、皇华泉、柳絮泉、卧牛泉、漱玉泉、马跑泉、无忧泉、石湾泉、湛露泉、满井泉、登州泉、杜康泉、沧泉、望水泉等名泉被列入济南七十二名泉，趵突泉为七十二名泉之首。

　　进了趵突泉公园，直奔济南七十二名泉之首的趵突泉而去，果然见三股泉水从清澈的池水中涌出来，翻上水面有二三尺高，眼见这天下第一泉，突然间有种心花怒放的感觉，凝视着翻腾上涌的泉水，十余分钟都未离去。之后踱着步，来到泉池西岸的观澜亭，此亭极为有名，资料记载："该亭原为四面长亭，半封闭式，形制考究，为历代文人称颂。现亭改为四面敞亭，飞檐翼角，斗拱承托，上饰吻兽，下设坐栏。整座亭子建于高台之上，泉水之中。亭侧垂柳披拂，假山秀立。亭前后有垂柳，西有回廊。亭东朝向趵突泉三窟泉眼。整座亭子形状轻灵俊秀，是观赏趵突泉水的最佳之处。" 如今在亭两边的泉池内，分别立有"趵突泉"和"第一泉"的石碑，"趵突泉"三字为明朝嘉靖年间山东巡抚、都御史胡缵宗书。宋代大文学家苏辙当年来到趵突泉，看到翻涌奔突的泉水，当即吟诗：

　　　　连山带郭走平川，伏涧潜流发涌泉。

　　　　汹汹秋声明月夜，蓬蓬晓气欲晴天。

谁家鹅鸭横波去，日暮牛羊饮道边。

滓秽未能妨洁净，孤亭每到一依然。

公园里第二有名的便是漱玉泉了，"泉水自南面的溢水口汩汩流出，层叠而下，漫石穿隙，淙淙有声，注入螺丝泉池中。"相传李清照曾在此泉边梳妆打扮，她的词集《漱玉词》也由此而得名。

第三有名的是杜康泉，泉以杜康命名，想来与名酿杜康有关，一查资料，果然如此，杜康当年为了酿造美酒，遍访天下名泉，他见到济南城里城外众多的泉水时，不知用哪眼的泉水才好，后在仙女的托梦中，发现一眼甘美无比的清泉，便用来酿酒，最后成为天下佳酿。

第四有名的是登州泉，也称上升泉。传说本泉水脉来自东海边的登州，故得名"登州泉"。古人曾有一首诗曰："文登一脉透谭城，澄彻全无蜃气腥。安得雪堂苏学士，朗吟万竹濯清冷。"说的便是此泉。

第五有名的是沧泉，位于趵突泉沧园西北隅，由自然石砌而成，因沧园而得名，取沧海一勺之意，是为了纪念明朝著名诗人、"后七子"领袖李攀龙，李氏著有《沧溟集》，世称"沧溟先生"，故将该园命名为"勺沧园"，后称为"沧园"。

第六有名的是满井泉，在趵突泉吕祖庙二大殿后西北隅，泉池为石砌六角形，池岸饰青色花岗石栏杆，1964 年干涸，1979 年填埋，1997 年 7 月修复。

第七有名的是马跑泉，与满井泉相邻，泉池长 12 米，宽 5 米多，池壁由自然石砌垒成不规则池形，有山环水抱之势，池边植有松柏、垂柳、修竹等，与清澈池水相映，幽清静雅。

第八有名的是柳絮泉，在春日的泉岸边，柳絮漫漫飞扬，池中泉沫如絮纷繁，亦如柳絮飞舞，柳絮泉由此得名。

第九有名的是金线泉，位于趵突泉东北侧，尚志堂与鱼展馆之间。泉池呈长方形，原长 4 丈，宽 2 丈。由于水面有一条游移飘动的水线波纹，映日凝望，宛如一条金光闪闪的金线浮于水面，故而得名。

还有皇华泉、石湾泉、望水泉、无忧泉……每一池泉，都各有特色。每一池泉都有着万千的灵动与妩媚；每一池泉都有着无尽的娴雅与清澈；每一池清澈甘美的泉水，都如天上亮晶晶的星辰遗落在大地……

趵突泉公园内看泉水，的确不虚此行。

这水之美啊，滋润了万千心魂。

水，给予了中国人灵感，如《红楼梦》中所说："男人是泥捏的，女人是水做的。"

　　这趵突泉的泉水，就是这样，带着无边的灵性与婉约，穿越千年时空，在大地的胸怀里汩汩流淌，润泽一方。

　　对了，趵突泉内的好几棵千年苍松，就在鸢飞鱼耀池和漱玉池的旁边，这一片松林，苍括挺拔、树干粗壮、枝杆虬劲、叶绿茂盛，让人一看禁不住接连慨叹。

　　还有那一尊镇园奇石——龟石。为元代散曲家张养浩的别墅——云庄中的遗石。石高约 4 米、重约 8 吨，具有秀、瘦、透、漏、皱的特点，与龙、凤、麟同称四大灵石，为济南第一名石。

李清照纪念堂

让无数人喜爱的李清照，她的纪念堂就在趵突泉公园内的漱玉泉旁边。李清照就如《蒹葭》中描述的在水一方的佳人：

> 蒹葭苍苍，白露为霜。
> 所谓伊人，在水一方。
> 溯洄从之，道阻且长。
> 溯游从之，宛在水中央。

伴着趵突泉内清澈甘美的泉水，李清照宛在水中央，带着一种千年不曾飘散的才情和温度，衣袂飘飘地吟着她情真意挚的诗词，在时空里凸显的烂漫，给了后人们动人的追思。

以前少年时，最喜李清照的一首词《一剪梅》：

红藕香残玉簟秋。轻解罗裳，独上兰舟。

云中谁寄锦书来，雁字回时，月满西楼。

花自飘零水自流。一种相思，两处闲愁。

此情无计可消除，才下眉头，却上心头。

于是，在"白露为霜，在水一方"的意境里，近距离地走进李清照，感受她的遗风，感受她在千年时空里不消失的风采，感受她与泉水相伴于晨昏里写就的诗词。

趵突泉内的李清照纪念堂，是根据古书记载，于1959年建造。纪念堂为传统四合院民居形式，建筑面积360平方米。正面对称构图，四周曲廊，回环错落，变化有致。整个建筑采取宋代风格，取其意而不仿其形，体现了女词人所处的时代气氛。走进正门，有一块"一代词人"的屏风，背面是"传诵千秋"。

"漱玉堂"是李清照纪念堂的正厅，门前抱柱上有一副木刻楹联：大明湖畔趵突泉边故居在垂杨深处，漱玉集中金石录里文采有后主遗风。基本上交代了李清照一生的居止与历程。厅内陈列着李清照塑像、著作版本以及后人的诗词、题字等。

"叠翠轩"在书房正厅东侧的曲廊间，"溪亭"在西侧曲廊南端，亭旁有"洗钵泉"。东侧曲廊的墙上，镶嵌着30多方当代著名书法家题写的李清照诗词碑刻。这几处景致，都浓烈地展示了文化风采，弥漫出高贵典雅的品格。

李清照生前喜欢四种植物：海棠、竹子、芭蕉、桂花。庭院里就种有这四种植物，最是那一丛丛、一根根的青青修竹，摇曳着生动的婆娑光影，于依依留恋间顾盼生辉。

海棠花艳美高雅，代表着游子思乡、离愁别绪等多种含义。1127年，金兵入侵中原，李清照在离乱和贫困中度过了凄凉的晚年。海棠花代表了李清照的离乱愁绪和坚韧高洁。

竹子有着谦虚谨慎的品格，坚韧不屈的气节，高风亮节的灵魂，李清照的《夏日绝句》，"生当作人杰，死亦为鬼雄。至今思项羽，不肯过江东。"就生动地表达了自己如竹般坚贞、刚毅、挺拔、清幽的高贵品格。

芭蕉虽然没有色彩斑斓、绚丽多姿的花朵，然而却有着清逸绝俗和潇洒恣肆的风姿。李清照一生奋笔不辍，著述甚丰，成为宋朝词人中最杰出的代表之一，后世有人称之为"词圣"。她的勤奋与才情，就与芭蕉的这种品格相契。

桂花象征着高雅和荣誉，象征着友谊和爱情，代表着高尚的道德和崇高的品质。李清照与自己的丈夫赵明诚深情缱绻，赵明诚病故后，她倍受打击，从此独自品尝人世的凄风苦雨。在她发现第二任丈夫有着贪污的劣行之后，毅然进行了举报，保持着自己高雅而干净的灵魂。这是李清照与桂花品格相投之处。

秋分：浮沉飘零几落桐

梧桐叶早已经飘落了

一层秋雨之后

苍茫大地添了一层寒意

谁在吹着忧伤的笛音

思念着

谁又在飘零的驿旅

用一抹温暖的火红

像彩霞一样映在天边

北京月坛公园

金气才分向此朝，天清林叶拟辞条。

三秋半去吟蛩逼，百感中来酝蚁消。

候早初逢旬甫浃，月圆前距望非遥。

如今昼夜均长短，占录无劳史姓谯。

——强至《依韵奉和司徒侍中庚戌秋分》

公历 9 月 22 日至 24 日，读着清代诗人强至的这首诗，农历二十四节气的第十六个节气秋分到来了。秋分过后，太阳直射点继续由赤道向南半球推移，北半球各地开始昼短夜长，南半球各地开始昼长夜短。

秋分，是中国历史上传统的"祭月节"，现在的中秋节就是由传统的"祭月节"而来。北京的月坛，就是明嘉靖年间为皇家祭月修造的。秋分祭月这

天，在秋分日的亥时（大约在21点到23点，古称"人定"）迎月出。《北京岁华记》记载北京祭月的习俗说："中秋夜，人家各置月宫符象，符上兔如人立；陈瓜果于庭；饼面绘月宫蟾兔；男女肃拜烧香，旦而焚之。"另有一个说法，北京祭月还有一个特别的风俗，就是"惟供月时，男子多不叩拜"，此即民谚所说"男不拜月"。

中国文化当中，有关于月亮的优美诗词太多了，最脍炙人口的要数李白的《静夜思》：

床前明月光，疑是地上霜。
举头望明月，低头思故乡。

最动人心魄的，要数苏轼的《水调歌头·明月几时有》：

明月几时有？把酒问青天。
不知天上宫阙，今夕是何年。
我欲乘风归去，又恐琼楼玉宇，高处不胜寒。

起舞弄清影，何似在人间！

转朱阁，低绮户，照无眠。

不应有恨，何事长向别时圆？

人有悲欢离合，月有阴晴圆缺，此事古难全。

但愿人长久，千里共婵娟。

　　苏轼的这首词，就是写在中秋夜的醉意绵绵当中。

　　进入秋分，走进月坛，在月坛里能感受中华民族传统秋分祭月的场景。月坛公园占地8.12公顷，分为南园和北园两部分。北园以红砖绿瓦的古建筑和规则式的道路为主要特征；而南园则以山石水池、迂回曲折的园路组成一个自然山水园的格局。

　　在导游的带领下，我们走进了月坛公园的北园。月坛方广四丈，高四尺六寸，坛面均以白色的琉璃铺砌，象征白色的月亮，有六级台阶，都是白石。明清时代，秋分亥时在月坛举行祭祀，主祭夜明之神，配祭二十八星宿、木火土金水五星及周天星辰。我们一边围观月坛，一边从导游那里了解着相关知识。

　　古人对月的观察十分细致，名字的意义都很深刻，每月最后一天为晦，第一天为朔。弦是月一半时的名字，月满则为望，日在东，月在西，遥遥相

望的意思。祭祀月神并非明清才有，早在秦始皇时代就有，《史记·封禅书》中记载，秦始皇东游海上，祭祀有名山的大川和"八神"，"八神"中的第六为"月主，祠之莱山"，即齐国北部，渤海之滨，这种祭祀的方式其实是秦始皇采用了齐国人的建议，后代皇帝也就沿袭下来了，但保留下来比较有规模的月坛，大概就剩北京的这一座了。

穿行在月坛公园的北园，走过苍松古柏及娑罗树、石榴树、桂花树等，在钟楼、天门、具服殿、神厨、神库等古建筑边观瞻，欣赏着代表东方建筑成就的古典建筑，被穿越千年的文化气韵所濡染，是既庄重又浪漫。

南园又名"邀月园"或"蟾宫园"。南园的景点布局，紧紧扣住"月"的主题，突出"月"的意境，置有月坛蟾宫、双环映月池、广寒桥、嫦娥奔月雕塑、香香院、揽月亭、爽月亭、月桂亭等景点。

逐一游览过月坛公园内的所有景点后，走出公园，我吟诵出了李白的《关山月》：

明月出天山，苍茫云海间。

长风几万里，吹度玉门关。

汉下白登道，胡窥青海湾。

由来征战地，不见有人还。

戍客望边色，思归多苦颜。

高楼当此夜，叹息未应闲。

心中涌出了几许豪迈、苍凉，还有一些指点江山的情怀。

苏州寒山寺

秋分一夜停，阴魄最晶荧。

好是生沧海，徐看历杳冥。

层空疑洗色，万怪想潜形。

他夕无相类，晨鸡不可听。

——李频《中秋对月》

明清两朝皇室有秋分祭月的传统，老百姓也跟随皇家过中秋节。在中秋节月圆之夜祭月、拜月、赏月，于皎皎明月的清辉里，人们仰望着深不可测的苍穹，将无数浪漫情怀与神驰意象融入无边无际的夜空。在溶溶月色里，与亲人畅饮，与月亮对饮。而没有家和亲人可以团圆的游子呢？似乎只有"举头望明月，低头思故乡"了。

除此之外，我们人类的情愫里，还有着许多的愁绪和烦恼，总是在不经意间缠绕在心头。记得小的时候，就背下了唐朝诗人张继所写的《枫桥夜泊》，一直觉得这首诗将月亮与愁绪的意境表达得十分有禅意，极为高妙：

> 月落乌啼霜满天，江枫渔火对愁眠。
> 姑苏城外寒山寺，夜半钟声到客船。

谁能说这首诗不美呢！

或许，只有在灵魂深处感受了大唐那样的风华与气韵，只有了解了张继与李白、王维等许许多多的诗人、文人的平生故事，才能品味出他们那些诗中所蕴含着的意味，就像寒山寺的钟声一样，越过千年的时空，挥洒着生命深处的温暖。

"江枫渔火对愁眠"，张继在愁什么呢？

这一愁，被寒山寺那浑厚悠扬的钟声一撞，就撞成这文采飞扬、神韵浑然的绝唱。

是寒山寺的钟声成就了张继的《枫桥夜泊》，还是《枫桥夜泊》成就了寒山寺。千百年来，寒山寺的钟声还隐隐约约地回响在人们的耳畔，也吸引着游人络绎不绝地前来观摩。

为了张继的这首千古绝唱，寒山寺是一定要去的。

寒山寺开创于南朝梁代天监年间（502—519 年）。相传唐元和年间，寒山子在此结草庵，其后，大禅师希迁创建寺院，号寒山寺。

如今的寒山寺里最引人注目的就是普明宝塔了，宝塔共五层，塔内供奉着普明如来塑像。游人可以登上第二层塔楼观看四周风景。

听钟石旁边的小阁楼里，挂有古时留传下来的古钟，另外向游人出售去撞钟的门票，可随时随意地去撞撞钟。同行的人问我去撞一下不，我说这撞钟在古时是有讲究的，现代人随时随意地去乱撞几下，不知有什么意义，难道说撞了那钟，身体就健康了？烦恼就消除了？就能升官发财了？

寒露：谈笑明月相与闲

揽一湖秋光
将明月的皎皎清辉
撒在漫无边际的客尘
执一瓢清澈的秋泉
烧成沸腾的开水
缓缓地沏上一壶香茗
在契心的谈笑里
将隐约而来的丝丝凉风
温暖成穿越的千秋时光

北京景山公园

　　每年公历 10 月 8 日左右，二十四节气的寒露来到大地，秋季正式开始了。秋季是果实成熟的季节，秋季是色彩斑斓的季节，秋季是丰收的季节，秋季也是一场秋雨一层凉的季节。

　　在秋的凉意里，读到白居易的《池上》，难免有些凄凉之感，诗曰：

> 袅袅凉风动，凄凄寒露零。
>
> 兰衰花始白，荷破叶犹青。
>
> 独立栖沙鹤，双飞照水萤。
>
> 若为寥落境，仍值酒初醒。

　　在北京的景山公园，如果再飘落下寒凉的秋雨，就会想到明朝那位苦命的末代皇帝——崇祯。他在明王朝大厦倾颓之时，在景山上的一棵老槐树上

自缢而亡。索性，在寒露这天，来爬爬景山，在景山公园里凭吊一下崇祯皇帝，也是一种情怀。更何况，北京今年的寒露时节，天高云淡、秋高气爽，无冷风刮、无秋雨飘，适合在户外爬爬山、逛逛园林。

景山公园作为明、清两朝的御苑，位于京城最高处的景山上。这是北京城的风水高地，山上古木参天，树林翁郁。漫步于其间，在清凉的树荫下，观瞻着绮望楼、寿皇殿、万春亭等明清建筑，听着啁啾鸟鸣，呼吸着山上清新的空气，心中顿感舒畅。

景山在元世祖忽必烈时代，被称为镇山，在营建大都之时，就被辟为专供皇帝游玩的后苑。当时苑内有熟地八万平方米，热衷于骑马狩猎的蒙古族皇帝，并不耽溺于笙歌酒舞当中，而是经常到这里打猎骑射，以强健体魄。

到了明代，明成祖朱棣在北京大规模营建城池、宫殿和园林，将拆除元代旧城的渣土和挖掘护城河的泥土堆积成了玄武山，玄武山恰好在全城的中轴线上，因此也被称为万岁山，又因为要防备元朝残部围困北京，在山下储存了大量的煤以备燃料不足而后称为煤山。

明崇祯十七年（1644 年）三月十九日，李自成攻破北京城，崇祯皇帝见大势已去，在玄武山东麓的一棵老槐树上自缢身亡。"文革"期间，老槐树被当作四旧砍掉，1981 年在原址新移栽了一棵古槐。1996 年，公园管理处将东城区建国门内北顺城街 7 号门前的一株一百五十多年树龄的古槐移植至老槐树原处，替代了 1981 年移植的槐树。

现此处立有碑刻两通，分别为：明思宗殉国处碑和明思宗殉国三百年纪念碑。"于碑前思古怀今，大有"中有望帝魂，悲啼不知处"的感慨。

到了清代，顺治皇帝将该山更名为景山，乾隆皇帝则在景山上大动心思，重修了寿皇殿建筑群，新建了绮望楼、五方佛亭等建筑，使之形成了一座自然景观与人工建筑完美结合的园林。与明朝皇帝一样，清朝皇帝也在山上种了许多果树，在园林里养鹿、养鹤。

如今，景山上除了寿皇殿和绮望楼，最引人入胜的就是万春亭、周赏亭、富览亭、观妙亭、辑芳亭这五座亭子。景山公园有 3 座园门，分别为景山门、山左里门、山右里门。景山门坐北朝南，是公园的南门和正门，位于北京城故城垣中轴线上。

景山万岁门内的第一座建筑绮望楼，是一座两层五开间的楼阁，坐北朝南，黄琉璃筒瓦歇山顶，重楼重檐，四周有汉白玉石护栏，建于乾隆十五年（公元 1750 年），景山官学堂学生曾在此祭拜先师孔子，至今楼内供孔子牌位。

与绮望楼南北遥相对应的是位于景山中区北端的寿皇殿，寿皇殿是景山上的主体建筑，仿照故宫太庙而建，气势恢宏，外观雄浑，殿体坐落在高大的月台之上。寿皇殿是明清两代皇帝停灵、存放遗像和祭祖之所，又称"神御殿"。

围绕着寿皇殿的建筑群有：九举牌楼、南牌坊、西牌坊、东牌坊、宫门、寿皇门、配殿、井亭、宰牲亭、燎炉、衍庆殿、绵禧殿、碑亭、神库等。

景山上最突出的是五方佛亭，接下来自东向西依次为观妙亭、周赏亭、万春亭、富览亭、辑芳亭。

万春亭位于绮望楼和寿皇殿之间的中峰顶上，中峰的相对高度为45.7米，是北京城南北中轴线上最高和最佳的观景点，万春亭体量较大，亭内供毗卢遮那佛。

辑芳亭在万春亭的西路，亭为八角攒尖顶，与东路的观妙亭相对，形式也相同。

富览亭在辑芳亭的西面，为重檐圆形攒尖顶，与东路的周赏亭相对，形制也相同。

周赏亭为东侧第一座亭，孔雀蓝琉璃筒瓦顶，紫晶色琉璃瓦剪边，重檐圆攒尖顶。

观妙亭为东侧第二座亭，翡翠绿琉璃筒瓦顶，黄琉璃筒瓦剪边，重檐八角攒尖式。

苏州环秀山庄

新开寒露丛，远比水间红。

艳色宁相妒，嘉名偶自同。

采江官渡晚，搴木古祠空。

愿得勤来看，无令便逐风。

——韩愈《木芙蓉》

在苏州逗留的这几天，读着韩愈的这首《木芙蓉》，进入了二十四节气的寒露时节。这段时间在苏州走走看看，对苏州越发喜爱。

苏州，因为各类园林，散发着浓浓的江南魅力，也成了南来北往的游客精神放逐的家园。

位于苏州城中景德路的环秀山庄，因其有着雄、奇、险、幽、秀、旷的特点，当地朋友向我们盛情推荐了它，"那些大的园林相信你们自己会去看，但还有一个比较小的园林，同样很有特色，非常值得一看，那就是环秀山庄。它集建筑、园林、雕刻、诗书、灰雕等传统艺术于一身。"

"好啊，这正是我们一直想要亲身感受的。"

于是在寒露这天，我们出发前往环秀山庄。

因为有朋友之前的隆重介绍，到了环秀山庄的我们，决定请一个导游对园中的每一个细节都进行详细的讲解。解说员很尽职，温语款款地说道："环秀山庄，面积仅为3亩，1988年被列为全国重点文物保护单位，1997年底被联合国教科文组织遗产委员会列为世界文化遗产。环秀山庄又名颐园，明万历年间为申时行宅，清乾隆年间归孙补山，道光末年属汪氏耕荫义庄，题名环秀山庄。占地不大，但其内湖的假山为中国之最。据载，此山为清代叠山大师戈裕良应伯爵孙均之请而作，戈裕良发挥出天才般的艺术创造能力，在书厅前叠筑了一座将千山万壑浓缩于万丈之间的假山，环秀山庄因此扬名。虽由人作，有如天开，尽得造化之妙，堪称假山之珍。环秀山庄亦因此而驰名。"

环秀山庄位于花园池南，居中，为园内主建筑。四面厅形式，南北朝向，面阔三间，四面绕以回廊（设木栏杆），这是一座面水对山的四面厅，即四周门窗皆为玻璃，且每一块玻璃都构成一幅图画，坐在里面环顾，一亭溪水，一亭枕山，一舫横卧，秀色如绘，故以为名。

整个山庄虽然面积不大，却在布局上，将湖山、池水、树木、建筑等巧妙地融为一体，假山与池水匠心独具，相得益彰，将环秀山庄独特的韵味点染得妙意无穷。一转身、一侧目，即是一个佳景，一展眼，望全园，竟然有着山重水复的景致，如梦如幻般，层层叠叠、一步一变。

环秀山庄的问泉亭筑于两山之间的池水中，只见"飞雪"泉水从西北面假山高处直泄而下，流入涧谷、山岭，此亭正当水流处，而且亭与泉相对，实境与意境俱佳。

诗意漫染的"半潭秋水一房山"亭，位于花园东北隅，"补秋舫"东面，山后坡，平面方形，坐北朝南，东西北三面有通道；亭四周设坐槛，砖细贴面，仅南面坐槛上有吴王靠；取唐李洞《山居喜友人见访》，此亭依山临水，旁侧有小崖石潭，故名；有"素湍绿潭，回清倒影"之意。

山庄的涵云阁位于花园西面边廊南，楼高二层，坐西朝东；面阔一间，倚廊而筑，既与边楼一体，又凸出于边楼；此楼为全园最高处，若登楼推窗，则开户迎岚，满目湖石假山似真山，云雾似乎在山中缭绕，阁如坐落云中。

　　有着好听名字的"补秋舫"，位于花园北，假山后部，靠近园墙，为花园主要建筑之一，坐北朝南，东西走向，面阔三间；此舫面山临水而筑，形如舟楫，又称"补秋山房"，山中之房，东筑花台芍药殿春，南植枫树秋日赏叶。

霜降：霜降山林园春意

霜降了

一叶含秋的树梢

还在热烈地渲染着斑斓的色彩

大地的草绿

被严霜的讯息一激

似乎就要躺进大地的怀里

此时，江南的园林

还在优雅地

将那些萧瑟的愁绪

隔在云霄之外

苏州网师园

霜降水返壑，风落木归山。
冉冉岁将宴，物皆复本源。
何此南迁客，五年独未还。
命屯分已定，日久心弥安。
亦尝心与口，静念私自言。
去国固非乐，归乡未必欢。
何须自生苦，舍易求其难。

——白居易《岁晚》

这天夜晚零点以后，蜗在温暖的被窝里读着古诗词，还有点舍不得睡觉，正好读到白居易的这首《岁晚》，一看日历，已经进入公历 10 月 23 日，哦，霜降来了。"霜降杀百草"，随着霜降的到来，气温一层层地寒凉，被严霜打过的植物，一点生机也没有，辽阔大地逐渐进入了萧瑟状态。

对于江南而言，即使在霜降之后，气温也寒凉不到哪里去。花草植物，除了荷叶和梧桐树的叶子彻底枯黄之外，其他都还有着可意的绿色，要么是红黄相间，正好将秋季装点得斑斓多姿。

霜降，属于深秋，而深秋，是归隐的、收敛的。

就在这归隐的、收敛的霜降时节，来到苏州东南部布局精妙、建筑协调、紧凑而有层次的网师园。网师园是苏州园林中型古典山水宅园的代表，咫尺之内有着怡然自得的山水真趣，园内的山水布置蕴含着浓郁的隐逸气息。

网师园分三部分，东部为宅第，中部为主园，西部为内园。宅第规模中等，为苏州典型的清代官僚住宅。住宅区前后三进，屋宇高敞，有轿厅、大厅、花厅，内部装饰雅洁，外部砖雕工细，堪称封建社会仕宦宅第的代表。内建筑物较多，组成庭院两区：南面的小山丛桂轩、蹈和馆、琴室为居住宴聚用的一区小庭院；北面的五峰书屋、集虚斋、看松读画轩等组成了以书房为主的庭院一区，居中为池。池北竹外一枝轩原为封闭式斜轩，池东南溪上置石拱桥名引静桥，为苏州园林最小石桥。竹外一枝轩后的天井植翠竹，透过洞门空窗可见百竿摇绿，其后面为集虚斋。

江南的小桥流水，最让人称道，网师园之内的引静小桥，是一座难见的袖珍小桥，在彩霞池东南水湾处，呈弓形，采用金山石造就，长 2.4 米，宽不足 1 米，仅仅跨三步就可过桥，故俗称之为"三步小拱桥"。小桥虽玲珑，但引静桥石栏、石级、拱洞一应俱全，桥顶刻有牡丹浮雕，线条柔和，花形秀美。

引静桥下是一条自南蜿蜒而来的溪涧，两岸陡崖岩岸、藤葛蔓蔓、涧水幽碧；桥南侧涧壁上刻有"槃涧"两个大字（相传为宋代旧物）；再溯流而上，则有一小巧的水闸立于涧流上游，岸边立有一石，上书"待潮"。

桥名"引静"，涧称"槃涧"，闸赋之曰"待潮"，真是在方寸间，体现了万分之雅趣。

作为藏书之地的万卷堂，是网师园内的一座重要建筑，想来，在这么雅致的园林之内，没有了书香之气，便缺少了什么，万卷堂内有一幅跌宕起伏的对联，真妙："紫髯夜湿千山雨，铁甲春生万壑雷"。

网师园内的云岗，位于彩霞池南，以黄石堆叠，走上去可观开阔的水池，不大的山体显得浑厚雄健、风姿古朴。与云岗假山相依的，是濯缨水阁，位于网师园中部水池的西南岸，水阁只有一开间，檐角飞翘，轻临池上，阁中有郑板桥对联："曾三颜四，禹寸陶分"。

有着优美诗意的竹外一枝轩，在网师园彩霞池的北岸，取宋代苏轼"江头千树春欲暗，竹外一枝斜更好"得名，临水而筑，游人可以入轩俯瞰池水、观赏游鱼，轩柱上有一副"护研小屏山缥缈，摇风团扇月婵娟"的对联，意

味无穷。

看松读书轩居于彩霞池的北岸，与水池之间隔有假山、林木，林木主要为松柏之类，称为"看松"，由轩内向外观景有如图画，称为"读画"。

月到风来亭在彩霞池的西岸，取自宋人邵雍诗句"月到天心处，风来水面时"，内设"鹅颈靠"，供人坐憩，是临风赏月之佳处。

网师园内的建筑主要临彩霞池而建，其间山石堆叠、树木林立、景致多姿、优雅适意，这样的布局与格调，使得网师园精巧清俊、气新韵奇，给人以无尽的遐思。

无锡寄畅园

九日登高望，苍苍远树低。

人烟湖草里，山翠县楼西。

霜降鸿声切，秋深客思迷。

无劳白衣酒，陶令自相携。

——刘长卿《九日登李明府北楼》

在霜降这天，读着唐代诗人刘长卿的这首诗，感受人生的起伏跌宕与山水的峰回路转之间的奇妙应对。这人生之旅啊，从故乡出发，山一程、水一程，于风浪里走了一程又一程，终于走到暮年了，此时不再深情地对着早晨的太阳豪迈地喧嚣，更多的是将自己的归途放在山外的夕阳里，寄托自己的山水诗书之情。

从古籍中得知，一个园林的打造，必须具备"相地合宜，构园得体"的要素。而这"相地"中的六种地形分别是：山林地、郊野地、村庄地、傍宅地、城市地和江湖地，这里面又要数山林地为最优胜，有高有凹、有曲有深、有俊有悬、又平又坦、自成天然之趣，不烦人事之工。

无锡的寄畅园，就具备了这么些优胜的条件和要素，在园主人精心布局下，以山池为中心，借景自然，借景寓情，借景生景，处处显现出闲适逍遥旷达自得的胸臆。

寄畅园是明代正德时的兵部尚书秦金的私园，在建园之初命名为凤谷行窝，既合自己的号，又有仿古人隐居之意。后来秦氏的后族秦燿罢官归田后将小园大肆扩建，并取王羲之《答许椽》中的诗句"取欢仁智乐，寄畅山水阴"中"寄畅"二字为园名。如今的凤谷行窝，是寄畅园中很精致的一处景观，以山林野趣为主，厅堂两侧门楣上有砖刻，东为"侵云"，可见龙光塔高耸入云；西为"碍月"，可观惠山之高峰掩月。

寄畅园坐落在无锡市西郊东侧的惠山东麓，属山麓别墅类型的园林。寄畅园的打造，融汇了园主人高度的艺术情怀与造诣，将山、水、建筑这三个主要要素平行展开，由此无论从哪个角度看，水都是景色的一部分，表明了寄畅园的山水和惠山是融为一体的，而建筑基本上和山隔水相望。

寄畅园中的水叫作锦汇漪，位于寄畅园的中心，它汇集着园内的锦绣景点，整体成葫芦形。由此无论是从先月榭望水，还是嘉树堂观景，都能取得最好的视觉效果，山影、塔影、亭影、榭影、树影、花影、鸟影，尽汇池中。池北土山，乔柯灌木，与惠山山峰连成一气；而在嘉树堂向东看，又见"山池塔影"，将锡山龙光塔借入园中，成为借景的楷模。对此，清代文学家魏源写了一首《惠山秦氏园》的诗来形容：

> 屋借惠山屏，径随惠泉转。
> 谁道园中湖，却涵园外巘（yǎn）。

知鱼槛，是寄畅园中最有哲学意境的景点，位于锦汇漪中心，突出池中，三面环水，方亭翼然，是园中观鱼的最佳地点。槛名出自《庄子·秋水》"安知我不知鱼之乐"。

寄畅园中的九狮台又称九狮峰，在含贞斋的前面，是一处山形陡峭的大型湖石山峰，北端为全园的至高点。九狮台具有雄伟险峻的气势，园主人巧妙地设计出了大小不同、姿态各异的九头狮子，生动无比，意境横生。

其他景观如美人石、秉礼堂、八音涧、邻梵阁、鹤步滩、郁盘亭廊、七星桥、涵碧亭及清御廊等，无不巧于借，混合自然。再加上园内大树参天、竹影婆娑，在其间漫步，或是伫立观境，或是小坐观赏，都会迎面扑来一种穿越时空般的古朴清幽，让人对寄畅园巧妙的借景、高超的叠石、精美的理

水、洗练的建筑，倍加赞叹。

据说，清朝的康熙、乾隆二帝曾多次游历此处，一再题诗，足见其眷爱赏识之情，北京颐和园内的谐趣园，圆明园内的廓然大公（后来也称双鹤斋），均为仿无锡惠山的寄畅园而建。

乾隆帝第一次下江南，就对寄畅园赞不绝口，此后在"惠山图八景"诗小序中写道："江南诸名胜，惟惠山秦园最古，我皇祖赐题曰寄畅。辛未春南巡，爱其幽静，携图以归。肖其意于万寿山之东麓，名曰惠山园。一亭一径足谐奇趣。得景八，各系以诗。"

乾隆皇帝既亲笔御书了"寄畅园"三字，也题写了"玉戛金摐（chuāng）"，赞扬园中的"八音涧"景观。"戛"和"摐"都是敲击之意。"玉戛金摐"，出自"摐金戛玉，水乐琅然"。大意是，敲击金属和玉石做的各种乐器，发出清朗的声音。八音涧就是采取因地借声的造园艺术，从流水中引出声响，用清水自然的声音，替代丝竹管弦之声。

寄畅园里的八音涧，选用大小不一、形状各异的黄石，堆砌了一条前高后低、三曲四弯、长三十六米的石涧。同时沟通惠山"天下第二泉"，引进泉水，流经石涧。泉水充沛时涧内泉水潺潺，叮咚作响，顿生"金石丝竹匏土草木"八音，摐金戛玉的乐音，回荡在山水园林间。

　　寄畅园的成功之处在于它"自然的山，精美的水，凝练的园，古拙的树，巧妙的景"，在整体布局上就是一幅山水全景，使得整个园林既有古意，也有画意，既精致典雅，又优美绮丽。

第四辑

冬　何处梅花一绽香

　　冬季的路途，有着天寒地冻的孤旅，有着满眼萧瑟的苍凉，有着望断天涯路的盼归。
而冬季的园林，却有着蓬勃姿态的生命，也有着精神休憩的家园暖色，更有着远山近水的
水墨意境与神韵。那一抹阳光下的沉静，将冬天的园林点染得顾盼生辉。

立冬：纷纷红叶满阶头

谁在望断秋水
寄一枚香山红叶
在山外夕阳里风雨兼程
将思念得最心碎的日子
用那一抹不曾飘散的火红
温暖成千山万水的牵挂
漫染出无尽的缱绻

杭州西泠印社

秋风吹尽旧庭柯，黄叶丹枫客里过。

一点禅灯半轮月，今宵寒较昨宵多。

——王稚登《立冬》

公历 11 月 7 日左右，农历二十四节气的立冬来到，标志着冬季正式开始。这天，读着明代诗人王稚登的《立冬》，看着小区好几种绿化树上一片片的叶子正在向黄叶过渡，它们就要纷纷扬扬地飘落于地了。

而在一些红叶满山的风景名胜区，比如四川巴中的光雾山、九寨沟等，满山、满坡、满沟的红叶、黄叶、绿叶、枯叶，正色彩斑斓地飞扬着，以

美不胜收的姿态，相互映衬，在天地间爆发出一年当中最后一次的力量与华彩。

红叶与黄叶，是绿色植物生命轮回的艺术，漫漫染染地点缀在辽阔大地，恣肆出一曲曲优美的旋律，在山野间回旋。

而于人间宣纸上的篆刻印章，带着中国文化独特的底蕴、张力和韵律，在历史文化的长河里，辉耀出永恒的魅力和光芒，将艺术境界点缀起来。

著名金石篆刻研究学术社团西泠印社，以"保存金石、研究印学、兼及书画"为宗旨，是海内外研究金石篆刻历史最悠久、成就最高、影响最广的学术团体，以篆刻书画创作的卓越成就和丰富的艺术收藏享誉海内外，被誉为"印学研究中心""天下第一名社"。现在的西泠印社，内建中国印学博物馆，收藏历代字画、印章多达六千余件。

赏那些篆印，或庄重浑厚、或纤细精致、或古朴典雅、或灵动韵逸、或凝重谨严、或自由闲适、或方正质朴、或雅趣四溢、或平和博大、或纤巧含蕴、或野逸奔放、或秀丽端严、或朴实雄奇、或圆润工稳、或奇诡精致、或端正遒丽、或架构静穆、或布局灵变、或磅礴开张、或温雅秀美、或瘦削猛利、或丰厚含润、或疏朗宽劲、或委婉婀娜、或纵横急就、或蜿蜒细琢……

欣赏中国不朽的篆刻艺术，要到杭州的西泠印社。

西泠印社坐落于浙江省杭州市西湖景区孤山南麓，东至白堤，西近西泠桥，北邻里西湖，南接外西湖。占地面积 7090 平方米，建筑面积 1750 平方米。印社建筑虽然没有传统的纵横格局，但亭台楼阁皆因山势高低而错落有致，一层叠一层，井然有序，堪称江南园林之佳作。

在人文景观与自然景致巧妙融合的西泠印社园林里，有着莲池、柏堂、竹阁、印廊、六一泉、鸿雪径、华严经塔、鹤庐等 31 处景点，徜徉其间，可以尽享人文艺术的饕餮盛宴。

印社内的柏堂是主要建筑，承载着浓厚的文化分量，大门门楣上挂有首任社长吴昌硕所题隶书匾额"西泠印社"。旁有对联"旧雨新雨西泠桥畔各题襟溯两汉渊源籍征鸿雪，文泉印泉四照阁边同剔藓挹孤山苍翠合仰名贤"，在柏堂四周墙上还悬挂有印社四位创始人和前后六任社长的人物喷墨画。

西泠印社内有一座小巧精致的石塔——华严经塔，是印社的标志性建筑。曾经有一位和尚是西泠社友，他于 1924 年筹建了华严经塔。塔身石质八面十一级，置于须弥座上。第一层塔身刻海宁周承德所书华严经和弘一法师所书《西泠华严塔写经题偈》；第二层塔身刻金农所书金刚经砌于华严经之上；第

三层塔身南面刻毗卢遮那如来，现顶毫光，左手结印，右手平伸；东南刻有文殊菩萨，西南刻有普贤菩萨。其他各面及以上各层各面皆雕刻有佛经故事和佛光彩云；塔刹为藏式喇嘛塔样式，在江南的园林中，别有风韵。

作为眺望湖山极佳处的四照阁，四周皆为明窗，遥对外西湖三岛，一眼望去，心胸为之开阔，正好将人文艺术情怀洋洋洒洒地弥漫开来，无比舒畅。还有优美的诗句"左眺平湖之秋月，右挹（yì）曲院之风荷。两峰夏云排闼（tà）送青，两湖春涨拍岸澄碧"描绘了四照阁的景致，不亦美哉。

北京香山公园

细雨生寒未有霜，庭前木叶半青黄。

小春此去无多日，何处梅花一绽香。

——仇远《立冬即事》

立冬时节，虽然标志着冬季正式开始，但是就植物而言，真正红叶满山，最佳观赏的日子，还是在立冬前后。

北京香山公园，可谓观赏红叶的最佳地点。

那一年，我们都还在青春岁月里，双方的眼里都只有对方，尽管难分难舍，但为了生计，我不得不去向远方，成了北漂的一员。在平常工作的日子，大多时间都紧张地忙碌着，似乎没有时间来想念家乡、来思念你的眼眸。

终于在这个星期天，轻松了下来。

"家乡有没有心爱的姑娘呢？"同事问道。

我看了看他，面无表情地"嗯"了一声。

"那咱们今天到香山公园去看看红叶，顺便采几片，给你心中的姑娘寄回去，怎么样？"

我心一动。那个时候，还在慢悠悠的时光里，没有网络、没有手机，互相炽烈的思念，都还是用一封又一封往来的书信，承载着温暖和缠绵的情感，飞到对方的手里和心里。

于是与同事一道，来到了北京西郊的香山公园。这是一座具有山林特色的皇家园林，地势险峻，苍翠连绵。

然而，我没顾得上对园林内的景点进行细看，一心要采撷几片最美、最动人心魄的红叶，一心想将亲手采撷的红叶寄到你的手中。但见层林尽染，树叶在秋阳中红得热烈，满山满坡散发出炫目的颜色。

我细心地找寻，采撷了几枚不同形状的红叶，小心翼翼地放在了一本书当中。当天晚上，回到宿舍的我，写了一封长长的书信，在信的结尾说道

"满山的红叶美得让人心醉，来年你一定要过来，我们一起去感受，因为只有你在我身边，我们一起置身于这红叶当中，这天地的色彩才是真实的、热烈的、温暖的、浪漫的。"

你来信答应了。

第二年的红叶满山时，你带着无尽的温柔与妩媚，明眸皓齿地出现在我面前。我无比地惊喜，如约再次来到香山公园。这一次有你在身边，我没有落寞和孤独感，有着的是地老天荒踏实的感觉。这样的感觉，给了我细细品味香山公园里各处景点的兴致与情怀。

一阵深秋寒凉的微风吹来，吹动着满山的红叶，那一枚枚红叶就如飞舞的红蝴蝶，一只只、一片片、一团团、一群群地翩翩舞动。见此景象，你瞬间情不自禁地惊呼起来，连声叫道："太美了！太美了！"我拿着用第一个月工资买的海鸥照相机，尽情地将你的倩影定格在火红的、鲜红的、橘红的、淡黄的、褐黄的香山红叶里，你曼妙地舞动着、轻盈地蹦跳着，将自己的青春融入满山遍野的红里，就像一团团燃烧着的美丽火焰。

香山的森林覆盖率达到了96%，古树名木众多。香山的红叶主要有8个科，涉及14个树种，总株数达10万余株，甚为壮观，包括黄栌、元宝枫、三角枫、五角枫、鸡爪槭（qì）、火炬等，这些红叶树种叶子里含有大量的叶绿素、叶黄素、类胡萝卜、胡萝卜素、花青素，春夏两季叶绿素进行光合作

用，使叶子呈现绿色；霜秋季节，天气变冷，昼夜温差变化增大，叶绿素合成受阻，逐渐破坏消失，而类胡萝卜、胡萝卜素、花青素成分增多，使叶子呈现红黄、橙红等美丽色彩。

除此之外，还有侧柏、油松、圆柏、白皮松、槐树、银杏、楸树、麻栎、榆树、元宝枫、栾树、七叶树、皂荚等数量众多的古树。我念着资料手册上的文字，你静静地听着，时不时甜甜地向我笑笑。

"我最喜欢黄栌、三角枫和五角枫的红叶了。"你轻柔地说道。

在不停地按动照相机快门，拍完了 2 个胶卷之后，我们对香山公园内的传统古建筑和各处景点开始细品。

在著名的静宜园里，在红叶辉映的宫殿寺庙间，我们一起看了勤政殿、丽瞩楼、绿云舫、虚朗斋、璎珞岩、翠微亭、青未了、驯鹿坡、蟾蜍峰、栖云楼、知乐濠、香山寺、听法松、来青轩、唤霜皋、香岩室、霞标磴、玉乳泉、绚秋林、雨香馆、芙蓉坪、晞阳阿、栖月崖、重翠崦、香雾窟、玉华岫、森玉笏、隔云钟 28 处景点。

又在香山寺里静默地陪伴了那棵很出名的听法松好一会儿，在娑罗树歌碑前认真地读着碑文。

还在香山公园最高处的香炉峰白玉观景台上，遥望远处清澈湛蓝的昆明湖和各式星罗棋布的建筑，也在近 30 米高的琉璃塔前，虔诚地参拜建筑上雕刻的佛像，静听层层椽檐上所缀的铜铃在起风时清脆而悠远的声音。

　　还在翠微亭间赏古树、绿荫、沟壑、山岩，在见心斋北门外石桥前，细细地品味一株凤栖松的古树，此松一枝干酷似一只孔雀引首东望，给人无限的遐想。

　　最后游览了殿廊亭阁、错落有致、古朴典雅的欢喜园。在璎珞岩人工叠石边，欣赏了乾隆御制的一首诗《璎珞岩》："滴滴更潺潺，琴音大地间。东阳原有乐，月面却无山。忘耳听云梵，栖心捐黛鬟。饮光如悟此，不复破微颜。"

　　如今，回想起在北京香山的美丽时光和温情美丽的你，我再一次被宋代词人陈瓘的《减字木兰花·华胥月色》一词所打动，甚至有些泪眼迷离：

　　华胥月色，万水千山同一白，南北相望，独醉香山旧草堂。
　　淮岑妙境，十载醺酣犹未醒，一腹便便，也读春秋也爱眠。

小雪：流年小雪闲中过

就在这样的流年

将一旅的闲愁

在飘雪的季节

打马向南方

在可园，或是梁园

休歇下一年的沧桑

只需畅饮一壶辣心的浊酒

就此载着一些儿时的春梦

驻在无语的心头

广东可园

小雪晴沙不作泥，疏帘红日弄朝晖。

年华已伴梅梢晚，春色先从草际归。

——选自黄庭坚《春近四绝句》

在小雪飘飘中，吟着宋朝文学家黄庭坚的这首绝句，在冬季时光里的公历 11 月 22 日左右，二十四节气的小雪来到人间，在一片望不到边的萧瑟当中，万物生机不再，尤其是北方大地，到处都是枯草、枯树，偶尔传来几声凄冷的寒鸦之鸣，显得无比苍凉和伤感。

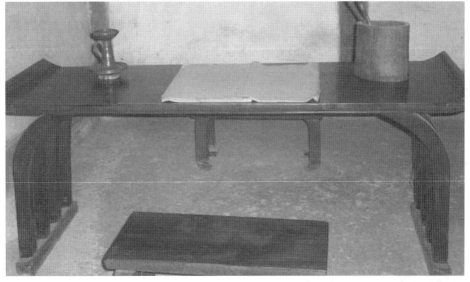

"我体质不太好，实际你的体质也不怎么好，在这远离故乡山水的北方，

我有点受不了这样的寒冷，咱们到南方去闯闯吧，那里要暖和得多。"身体单薄的你，温情款款地对我说。

于是乎，一路南下，来到广东。

"我知道你爱好园林，知道你喜欢在风景里打点自己的心情，我知道东莞有一座叫可园的园林，是岭南最著名的古典园林之一，趁现在我们还有些时光可以挥霍一下，就先去看看，怎么样？"你如此善解人意，事事都从我的喜欢和爱好出发，讲着诗意般的话语，在我的心头拂起一缕缕可心的春风。我当然不会拒绝，由此欣然相携着前往东莞博望村的可园。

可园为清代广东四大名园之一，是岭南园林的代表作，前人赞为"可羡人间福地，园夸天上仙宫"。

"为什么叫可园呢？你可知道？"我温情脉脉地看着你，含笑问道。

"园内有一楼、六阁、五亭、六台、五池、三桥、十九厅、十五间房，名字大多以'可'字命名，如可楼、可轩、可堂、可洲等等，因此叫可园。可园最先的主人，是清道光、咸丰年间的按察使张敬修，吃了三次败仗的他虽然仕途坎坷，几经贬谪，但他也善于敛财，利用自己在琴棋书画、金石、武学等方面样样精通的才能，建造了这样一座岭南名园。"你居然像导游般向我娓娓道来。

可园面积虽然小，但设计精巧，亭台楼阁、山水桥榭、厅堂轩院等，一应俱全。全园分庭院和湖景两个区域，有着四通八达和雅意文风这两大特点。自靠近可园的那一刻起，我就注意到了它雄奇幽深的园景，楼、堂、亭、台、廊、阁、榭、院、桥、径、池等相依相绕，一步一景地呈现出万千姿态。

"把孙子兵法融汇在可园建筑之中，是整座园林的一大特色。全园亭台楼阁，堂馆轩榭，桥廊堤栏，共有130多处门口，108条柱栋，整个布局有如三国孔明的八阵图，人在园中，稍不留神，就像进入八卦阵一般，极可能会迷失路径。"你不失时机地将介绍资料上的文字念给我听，使我能在观赏间，了解到有关于园林的详细情况。这是你让我依恋的优点之一，在你的身上，充分体现了水性依依的柔情与特性。

作为可园主体建筑的可堂，楼高15米多，在楼前曲尺形水池的映照下，显得庄严且有风骨，每逢中秋佳节，月圆之夜，人们登台赏月，可尽览秋色。双清室作为可园胜景，其平面布局、地面砖、窗户的结构，都呈现出一个繁体的"亚"字形，因此双清室又叫作亚字厅，园主人经常在此吟风赏月。堂

前的湛明桥翠和曲池映月之景，增添着无限雅趣。造型秀丽的邀山阁是可园的最高之处，阁四面明窗，飞檐展翅，尽显中国古典建筑的神韵与典雅，在此远观近览，满眼皆是佳景，也可俯瞰全园，园中胜景一览无余，抑或纵目远眺，博厦一带山川秀色尽入眼底，当即感受到了园林借景之妙。

在慢步观赏之间，我亦与你窃窃私语着，在微笑间随口问道："关于可

园，你还有没有一段文字向我介绍呢？"

"有呀，请君等一等，我为你念一段文字。"说完，你展开可园的游览图，将上面的文字念了出来：

"可园虽是木石、青砖结构，但建筑十分讲究，窗雕、栏杆、美人靠，甚至地板亦各具风格。它布局高低错落，处处相通，曲折回环，扑朔迷离。基调是空处有景，疏处不虚，小中见大，密而不逼，静中有趣，幽而有芳。加上摆设清新文雅，占水栽花，极富南方特色，是广东园林的珍品。"

可园当中的草草草堂之名，其来意也大有深意，张敬修认为："用餐也草草，住宿也草草，但是做人不能草草。"由此起了这"三草堂"的名字来时时提醒自己。我们可以推测得到，由于他做人不能草草的作风，造就了这么一座岭南的千古名园。

可园当年的主人张敬修，生前尤其喜欢兰花，他不惜花重金购买遍植于园内，他有一首赞美兰花品性的诗《题蕙》：

芳草似畸士，空山养孤洁。

唯有石丈人，同岑意相悦。

广东梁园

征西府里日西斜，独试新炉自煮茶。
篱菊尽来低覆水，塞鸿飞去远连霞。
寂寥小雪闲中过，斑驳轻霜鬓上加。
算得流年无奈处，莫将诗句祝苍华。

——徐铉《和萧郎中小雪日作》

随着小雪节气的到来，寒冷的北风早已经在呼啸了，一阵阵地刺入肌肤，这心情吧，也就如秋收冬藏的"藏"字，一切都没有张扬的兴致了，只想在温暖的火炉边沏一壶香茗，安静地读几本书，悠闲地写一些文字，就如五代宋初徐铉先生的这首诗"寂寥小雪闲中过"，也是一种人生的况味，不过需要

自己找些乐趣出来，才算有些意义。

好在，我们并没在风雪漫天、天寒地冻的北方度过几年。我们来自大西南，在漂泊的逆旅，常常想着家乡的温度，也常常念着南方温暖的太阳。在对东莞可园的探幽访奇之后，你看着我写完了一篇游记后，轻声细语地说道：

"佛山的梁园，与顺德清晖园、番禺余荫山房及东莞可园并称为清代广东四大名园，也是岭南园林的代表作。趁我们这几天还在广东消闲，咱们去看看，以大快朵颐，丰厚你的旅程，写好下一篇游记。而且，梁园是清代岭南园林的典型代表之一，其格调布局，应该能得到你的喜欢。"

你如此善解人意，我心里涌起一阵阵的感动。人生有此知己，夫复何求。于是乎，我们在小雪来到的后一天，选了个艳阳天，前往佛山梁园。广东属于南方，在小雪节气前后，依然有着温暖如春的气温。避开北方的寒冷，慢悠悠地欣赏寄寓着人文情怀的园林，这日子散发着诗意般的美。

梁园是佛山梁氏宅园的总称，主要由"十二石斋""群星草堂""汾江草庐""寒香馆"等不同地点的多个群体组成，规模宏大，主体位于松风路先锋古道。梁园作为清代岭南文人园林的典型代表之一，园内布局精细，小巧玲珑，绿树成荫。以奇峰异石造景，湖水萦回，布局精妙，宅第、祠堂与园林浑然一体，其平庭、山庭、水庭、石庭、水石庭等组景，变化迭出，充满了诗情画意，楼台亭阁、湖光云影、一步一景。又因园内精心构思的"草庐春

意""枕湖消夏""群星秋色""寒香傲雪"等春夏秋冬四景，使得梁园雅淡
自然的风格，配上如诗如画的田园风韵，巧妙地融合在了一起，处处呈现出
了怡人可心的景观。

　　梁园始建于清嘉庆年间，为当地诗书画名家梁蔼如、梁九章、梁九华、
梁九图叔侄四人所建私家园林总称。进入园内，门上有诗："富贵浮云淡，胸
襟列素罗。名园推最胜，径曲小桥多。"我情不自禁地把这首诗多吟了几遍，
你突然间闪过了些许忧郁的神情。我的心里"咯噔"了一下。在我们这样年
轻需要奋斗的朝气岁月，如果透彻地将功名富贵都看穿看淡，那人生还有什
么意义？想到这里，我牵过你的手，轻轻地握了握，不再说什么。因为我的
心情也是如此复杂，我知道自己，很年轻，但却有着许多老气横秋的样子。

　　结构奇特的"半边亭"，是梁园的求拙之作，寓意人生本来残缺并不圆
满，但能抱朴守拙，也是一种智慧的内敛，正符合上善若水的品性。置身于
精美纤巧、四周通透的"荷香小榭"，面对一池湖水及枯瘦残荷，欣赏着门楣
及窗上面的荷叶、荷花图案，人、景、画相互融合、相依相偎，静中有动、
动中有静。

　　秀水、奇石、名帖堪称梁园"三宝"。小桥流水的景致设计，在梁园之内
也得到了充分体现，走在精心设计的小石拱桥上，看置景叠石、观潺潺流水、
赏曲水回环、品松堤柳岸，又见湖面水波涟漪，陡然觉得梁园的造园组景、

文化内涵等，处处弥漫着岭南水乡的韵味，让人留恋不已。园内巧布太湖、灵璧、英德等地奇石，大者高逾丈，阔逾仞，小者不过百斤。在庭园之中或立或卧、或俯或仰，极具情趣，其中的名石有"苏武牧羊""童子拜观音""美人照镜""宫舞""追月""倚云"等。不仅如此，梁园还珍藏着历代书家法帖。

漫步在用松、竹、柳和盆景缀的群星草堂和汾江草庐，感受着"两处园林都入画，满庭兰玉尽能诗"的诗情画意，沿着柳树成行的堤岸慢行，之后到以竹、木为基调的松竹寮景观。其列柳成行、一水画堤的意境，尽展了岭南风味的田园风韵，既有世外桃源般的舒畅，又有悠然见南山的怡然和自得，处处体现了造园者追求远离烦嚣、贴近自然，对个性和自由人格的追求，又强烈地体现出了天人合一、山水自然融融和谐的人文匠心。

大雪：纷纷暮雪饮归客

纷纷扬扬的雪花

无风仍脉脉，不雨亦潇潇

在荒野的守候里

将所有的心情

打点进归客的行囊

是哪一位故人在等候

这一壶暖心的烈酒

暖开了几个世纪的苍凉

北京圆明园

六出飞花入户时，坐看青竹变琼枝。

如今好上高楼望，盖尽人间恶路歧。

——高骈《对雪》

公历 12 月 7 日，农历二十个节气中的大雪来到人间。这个时候的北方，多半都会大雪纷纷，与晚唐诗人高骈《对雪》的诗句"六出飞花入户时，坐看青竹变琼枝"完全相应。鹅毛大雪纷纷扬扬地下着，使得看雪的人们心里也生起了欢喜，不时发出一阵阵欢呼声。这雪花在苍茫大地上尽情地飘落，

展现着不雨亦潇潇、无风仍脉脉的景象，真是大美无声而有痕。待雪停之后，大地一片白茫茫无比干净，好一个"盖尽人间恶路歧"的场景。

在大雪飘飘中，来看圆明园，将心情放飞在历史的风烟和尘世的沧桑里，心头生起别样滋味。

圆明园坐落在北京西北郊，由圆明园、长春园和万春园组成，全园建筑面积达20万平方米，一百五十余景，因此有着"万园之园"之称。在清朝康熙皇帝时期开建的圆明园，既有江南名园的胜景，还借鉴了西方建筑工艺，将古今中外造园艺术集为大成。在几位皇帝的经营与打造下，园中既有宏伟的宫殿，也有楼阁亭台；有田园风韵的山庄，也有杭州西湖的美景；既仿照苏州狮子林的名胜，还有诗情画意般的蓬莱瑶台、武陵春色等。

圆明园曾经的辉煌众所周知，"圆明园，在清室150余年的创建和经营下，曾以其宏大的规模、杰出的营造技艺、精美的建筑景群、丰富的文化收藏和博大精深的民族文化内涵而享誉于世，被誉为'一切造园艺术的典范'，被法国作家维克多·雨果称誉为'理想与艺术的典范'。"谁能想到，人类历史上最杰出的建筑艺术与园林景观布局以及珍藏于其间的珍宝和文化艺术瑰宝，"理想与艺术的典范"会被八国联军付之一炬，消失在大火之中。1860年10月18日，3500名入侵者冲入圆明园并在疯狂抢掠之后纵火焚烧，大火三天三夜不灭，烟云笼罩北京城，久久不散。这座举世无双的园林杰作被付之一炬。如今，想起那样屈辱的往事，无比痛心、无比遗憾，也无比感慨。

今天的圆明园，只剩最后残颓的遗址。

大雪纷纷中，来到长春园远观遗址，看着那些静默无声的石柱、石台和精致无比的造型，内心一下子剧烈地震荡起来。多么完美的艺术啊，竟然被那些愚昧的侵略者付之一炬。

看着一片片的雪花飘落在那些曾经精美和辉煌无比的石柱和雕塑表面，我用手轻轻地抚摸着它们的壁面和图案，看到它们遭受过种种的欺辱、磨难之后，遗留在人间这样沧桑衰败的面容，一时之间不知眼眶里的湿润，是飘落的雪花还是晶莹的泪滴。我想说什么呢？我向谁说呢？我只是默默地站在遗址之间，将自己在那一刻也站成一尊雕像，任一片片的雪花堆积在身上。

在这里，我摘要一些有关资料上公布的相关文字描述：

"军官和士兵，英国人和法国人，为了攫取财宝，从四面八方涌进圆明园……他们为了抢夺财宝，互相殴打，甚至发生过械斗。因为园内珍宝太多，他们一时不知该拿何物为好，有的搬走景泰蓝瓷瓶，有的贪恋绣花长袍，有的挑选高级皮大衣，有的去拿镶嵌珠玉的挂钟。有的背负大口袋，装满了各色各样的珍宝……一个英国军官从一座有 500 尊神像的庙里掠得一个金佛像，可值 1200 英镑。一个法国军官抢劫了价值 60 万法郎的财物。法军总司令孟托邦的儿子掠得的财宝可值 30 万法郎，装满了好几辆马车。一个名叫赫利思的英军二等带兵官，一次即从园内窃得二座金佛塔……侵略者除了大肆抢掠之外，被他们糟蹋了的东西更不计其数……

当 1860 年 10 月 9 日，法国军队暂时撤离圆明园时，这处秀丽的园林，已被毁坏得满目疮痍。1860 年 10 月 11 日英军派出 1200 余名骑兵和一个步兵团，再次洗劫圆明园，英国全权代表詹姆士·布鲁斯以清政府曾将巴夏礼等囚于圆明园为借口，将焚毁圆明园列入议和先决条件。命令米切尔中将 10 月 18 日率领侵略军 3500 余人直趋圆明园，纵火焚烧。这场大火持续了三天三夜。"

祈祷艺术永恒，人间无恙。

敦煌鸣沙山月牙泉

北风卷地白草折，胡天八月即飞雪。

忽如一夜春风来，千树万树梨花开。

散入珠帘湿罗幕，狐裘不暖锦衾薄。

将军角弓不得控，都护铁衣冷难着。

瀚海阑干百丈冰，愁云惨淡万里凝。

中军置酒饮归客，胡琴琵琶与羌笛。

纷纷暮雪下辕门，风掣红旗冻不翻。

轮台东门送君去，去时雪满天山路。

山回路转不见君，雪上空留马行处。

——岑参《白雪歌送武判官归京》

在大雪节气当中，读着唐朝边塞诗人岑参的这首诗，驰骋的思绪越过宽广的平原和崇山峻岭，来到了塞外，来到了"长河落日圆，大漠孤烟直"的茫茫大沙漠，继而在"千树万树梨花开"的飞雪堆积里，来到了敦煌。

敦煌，玉门关、阳关的所在地，丝绸之路上最辉煌、最灿烂的地方，在几千年的文化奔腾里，敦煌一直散发着耀眼而绚丽的光芒，承载着人类的求索与终极的信仰，是连接各民族、各国家之间物质、精神和艺术交流的纽带之地。莫高窟即是有力的见证。

唐朝诗人王维诗《送元二使安西》曰：

渭城朝雨浥轻尘，客舍青青柳色新。

劝君更尽一杯酒，西出阳关无故人。

中国历史上第一位伟大的留学生，东晋的法显大师，曾在这里西出阳关前往天竺取经；第二位伟大的留学生，唐朝的玄奘大师，途经敦煌西出阳关前往印度各国学法取经，归国之时亦途经敦煌回到长安；前秦年间，一代高僧、译经大师鸠摩罗什，在东进途中，乘坐的白马在敦煌长眠，乐尊和尚在敦煌三危山首开石窟。

敦煌的鸣沙山月牙泉，是大自然与仿唐建筑群完美结合的一个神奇园林。

夏季的鸣沙山月牙泉吸引着众多的游人，因为在鸣沙山上，人们顺坡滑落，便会发出轰鸣声，称为"沙岭晴鸣"，在山上观看日落，那景象令人十分陶醉。

而现在，是在冬季里的大雪节气，鸣沙山月牙泉景区早已经被一场厚厚的积雪覆盖，前几天一场纷纷扬扬的鹅毛大雪，将大沙漠堆积得白茫茫一片无边无际。风停了、雪停了、阴云散了，在湛蓝天空的映照下，皑皑白雪覆盖的大地，银装素裹，分外妖娆，宛如最为单纯和快乐的雪国童话世界，如梦如幻。本来，就敦煌而言，地处干旱沙漠的边缘地带，降水稀少，下一次大雪不容易，这次的降雪，算得上是百年难遇。眼前的景象，给游人们带来了兴奋。

月牙泉，古称沙井，又名药泉，一度讹传为渥洼池，清代始称月牙泉。泉长约300余米，宽约50米，被鸣沙山四周环抱，泉水东深西浅，最深处约

5 米，因水面酷似一弯新月而得名，有"沙漠第一泉"之称，有"月泉晓澈"之名，自汉朝起即为"敦煌八景"之一。月牙泉因水质甘洌、澄清如镜、绵历古今、沙不进泉、水不浊涸而成为千古奇观。月牙泉周围都覆盖着白雪，她那一湾呈浅蓝色的清澈泉水，碧如翡翠，带着几分娇羞与甜蜜，在旁边傲然而立的白杨树的守卫下，柔美万分。

再去观赏月牙泉月弯里的一组仿唐建筑群。只见整个建筑群结构呈"山"字形，建筑群的各楼阁、亭台和廊道，既雄伟壮观，又典雅古朴，传递着千百年来古色古香的风雅与月牙儿般的动人传说。错落有致的建筑群，展示着大唐雄浑的气韵，并且都有好听的名字：鸣月阁、月泉阁、茗香斋、月到风来、山得水趣等。

鸣月阁在月牙泉的南岸，这组古朴端严，典雅庄重的建筑群为宗教殿堂，这里泉水与山色相映，核心建筑是一座外观为八角形的四层仿唐木塔，层层有回廊，翘檐斗拱，青瓦覆盖，内楼梯可通达第四层。据说此阁自古有之，数次遭兵火损毁，又数次重建，现存为民国时重建。

三层月泉阁和听雷轩在仿唐建筑群的中轴线上，充分展示了大唐的建筑神韵。月泉阁的对联为："聚粒沙而成山无欺自安，汇滴水以为泉有容乃大"，横批："山泉辉映。"

据介绍："月牙泉建筑群既是风景旅游建筑又是生态环境建筑，建筑物南墙与南山山体落沙脚保持着一定距离，形成了利于聚风的通道，起到人为增大上升气流的作用，由此促进了下滑沙体回向向山顶运行。该建筑群力求体现以自然景观为主体的原则，做到人文与月牙泉共生，建筑与鸣沙山形成对比，有效增强了沙泉共存的自然景观特征。同时在设计中借鉴了敦煌壁画的建筑形象，用对称的布局，采用回廊环绕、楼阁层出的手法，再现人间仙境。"

今天，在白雪覆盖下的沙山和建筑群，看不见面上和顶上的原貌，但是我们能感到自然与人文的情怀，让人心生敬畏，将这一切收揽进庄重的情怀，成为记忆的珍藏。我祈祷这"泉映月而无尘""亘古沙不填泉""自古泉不涸竭"的自然奇观，能长存在这苍茫的大地。

哦，月牙泉，我悄悄地来过，又静静地离去。

冬至：冬至阳生春又来

这一炉温暖的炭火还没熄灭

冬至已经在屋檐前

悄悄地拍了拍寒冻的门楣

是哪一季的相约

要在这一天

虔敬地向上天

告白人类心底的本真与渴望

北京天坛公园

年年至日长为客，忽忽穷愁泥杀人。

江上形容吾独老，天边风俗自相亲。

杖藜雪后临丹壑，鸣玉朝来散紫宸。

心折此时无一寸，路迷何处见三秦。

——杜甫《冬至》

公历 12 月 21 日左右，农历二十四节气的冬至来到苍茫而萧瑟的大地。唐朝伟大的诗人杜甫的这首《冬至》，可以说将很多人在冬季的心情说得淋漓尽致。根据明清两朝史料记载，每年冬至日的圜丘祭天，是继承古代郊祀最

主要的形式，礼仪极其隆重与繁复。而北京天坛公园，是明清两代皇帝每年祭天和祈祷五谷丰登的地方。

走进天坛，走进生命里最深刻的庄重与肃穆，走进敬畏天地的宏大与壮观，走进圜丘坛。眼前的圜丘坛，无比深沉，又无比坦诚，袒露着自己的心扉，静默地仰望着苍穹，越过历史的年轮，穿梭在千年的时空，过去祭天时的场景似乎还未消散：

"在圜丘坛共设七组神位，每组神位都用天青缎子搭成临时的神幄。上层圆心石北侧正面设主位——皇天上帝神牌位，其神幄呈多边圆锥形。第二层坛面的东西两侧为从位——日月星辰和云雨风雷牌位，神幄为长方形；神位前摆列着玉、帛以及整牛、整羊、整豕和酒、果、菜肴等大量供品。单是盛放祭品的器皿和所用的各种礼器，就多达七百余件。上层圆心石南侧设祝案，皇帝的拜位设于上、中两层平台的正南方。圜丘坛正南台阶下东西两侧，陈设着编磬、编钟、镈钟等十六种，六十多件乐器组成的中和韶乐，排列整齐，肃穆壮观。"

始建于明永乐十八年（1420 年）的天坛祈年殿，是一座直径 32.72 米的圆形建筑，鎏金宝顶蓝瓦三重檐攒尖顶，层层收进，总高 38 米，殿内有 28 根金丝楠木大柱，里圈的四根寓意春夏秋冬四季，中间一圈 12 根寓意十二个月，最外一圈 12 根寓意十二时辰以及周天星宿。这一座精美无比的建筑，在经历过多次劫波之后，在一代又一代人的精心呵护下，成了北京形象的代表建筑，更成了中国文化最醒目的象征。

　　位于圜丘坛外墙北侧的皇穹宇，是供奉圜丘坛祭祀神位的场所，存放祭祀神牌的处所。殿内的斗拱和藻井跨度在中国古建筑中是独一无二的。东殿殿内供奉大明之神（太阳）、北斗七星、金木水火土五星、周天星辰等神牌，西殿则是夜明之神（月）、云雨风雷诸神神牌供奉处。三音石位于皇穹宇殿前的甬道上，站在三音石那里击掌可以听到三声回声，这种现象叫作人间私语天闻若雷，寓意着人间言行都被天神所洞察。又因皇穹宇围垣具有传声功效，被称为回音壁，当人们分别站在东西配殿的后面靠近墙壁轻声讲话，虽然双方相距很远，但是可以非常清楚地听见对方讲话的声音。

　　依次参观了天坛内的圜丘坛、皇穹宇、祈谷坛、皇乾殿、七十二连房、祈年殿、丹陛桥、斋宫、南神厨院、神乐署等建筑与景点。在慢步游览的过程当中，我始终怀着恭敬而端肃的心态。

苏州残粒园

邯郸驿里逢冬至，抱膝灯前影伴身。

想得家中夜深坐，还应说着远行人。

——白居易《邯郸冬至夜思家》

冬至的苍茫大地，处处萧瑟，满眼寂寥，在天寒地冻的孤旅当中，读着白居易的这首诗，无比思念南方的温暖，思念温暖阳光下的小屋和各类美不胜收的园林。

苏州的残粒园，算得上是一个精致园林，是当前苏州所知最小的园林。因其面积小，只有140多平方米，园林更像一个栖身的家园；又因其小，而

寸土寸金，一池、一山、一亭等，一应俱全，藏诸多意境与美感于内，使人留恋不已。

残粒园位于苏州装驾桥巷，是清光绪时期扬州盐商姚氏在苏州所建私园，后为画家吴待秋及其子所有。残粒园原名东园，后吴待秋取唐杜甫句"香稻啄残鹦鹉粒"意，命名"残粒园"。

由园主住宅经月亮洞门"锦窠"入园，陡然见有太湖石叠成的屏障，眼帘中映入瘦、皱、漏、透的太湖石叠成的石峰，在旁边竹木的掩映下，有"开门见山"的意境。绕过湖石，见园中央有一小型水池，娴静而淡雅，沿池岸叠石参差，构成盆景般造型的景致。又于园墙下砌花台，种桂花、蔷薇等，壁面爬满藤萝。

园西依山墙垒黄石山，因黄石厚朴、稳重的特性，此山也颇有些雄浑的风貌，矗立在园的一角，显得无比沉静而内敛。黄石山的最高处在西北角，山顶建有一木构小亭，名为括苍亭，是园内唯一的建筑。括苍亭两面临池，一面依住宅山墙，并辟门与楼厅交通。亭内设有坐榻、壁柜、博古架和鹅颈椅，茶余饭后于此亭内观景，也颇为怡然自得。再沿着坐榻之下通往山下石洞的磴道，于偶然间拾得几分意趣。

园林本来不大，而其中的造景，特别讲究意境的营造，错落有致间蕴含乾坤格局，可谓匠心独运。因此在园林中的观赏，必须放慢脚步，一点一点地慢慢看过去，细细品味，再用诗意的思维，方能在赏心悦目之间获得无穷的曼妙。

在此读唐代大诗人白居易的《自题小园》,可谓十分应景:

不斗门馆华,不斗林园大。

但斗为主人,一坐十余载。

回看甲乙第,列在都城内。

素垣夹朱门,蔼蔼遥相对。

主人安在哉,富贵去不回。

池乃为鱼凿,林乃为禽栽。

何如小园主,拄杖闲即来。

亲宾有时会,琴酒连夜开。

以此卿自足,不羡大池台。

小寒：万里飘蓬烟水寒

只听寒鸦一声

那一程的山水就已经寒透

无尽的归期

就这样走了好多年

还在寒山冻水边

缓缓地行进

北京大观园

辛苦孤花破小寒，花心应似客心酸。

更凭青女留连得，未作愁红怨绿看。

——范成大《窗前木芙蓉》

公历 1 月上旬，一年之中最冷的小寒节气来到神州大地，这是农历二十四节气中的第 23 个节气，也是冬季的第 5 个节气，标志着冬季正式开始。读着南宋诗人范成大的《窗前木芙蓉》这首诗，想起了以前在这个时节里，一面看窗外飘着雪花，一面拥着温暖的炉火在小屋里读古典名著《红楼梦》的惬意画面。此时正好读到宝玉看到妙玉栊翠庵中的红梅处："于是走至山坡之

下，顺着山脚刚转过去，已闻得一股寒香拂鼻。回头一看，恰是妙玉门前栊翠庵中有十数株红梅如胭脂一般，映着雪色，显得分外精神，好不有趣！"

被此灵感一激，想起了北京大观园。于是在今年小寒节气当天，来到了位于北京西城区南菜园的仿古园林——大观园。

《红楼梦》的大观园，是由一位老明公号山子野者筹造，堆山凿池、起楼竖阁、种竹栽花等，都由这位老生做总指挥。

现实中的大观园并不是真正的古典园林，大观园原址为明清两朝的皇家菜园。现在的大观园，是仿古而建，根据《红楼梦》的细节描写，并为拍摄电视剧《红楼梦》，于 1984 年开建。可是这些并不重要，重要的是我们喜欢《红楼梦》。

建成后的大观园，占地面积 13 公顷，建筑面积万余平方米，各种景点 40 余处。

走进大观园，最先看到的就是有"曲径通幽"题字的布局，一座翠障似的假山挡在前面，往前一望，见白石峻嶒，或如鬼怪，或如猛兽，纵横拱立，上面苔藓成斑，藤萝掩映，其中微露一条羊肠小径。该题字和设景，取自唐代常建《题破山寺后禅院》诗中"曲径通幽处，禅房花木深"的意境。假山的设置，也体现了"欲露先藏，景愈藏则境界愈大"的艺术特点。

进入洞来，只见佳木茏葱，奇花烂灼，一带清流，从花木深处曲折泻于石隙之下。再进数步，渐向北边，平坦宽豁，两边飞楼插空，雕甍绣槛皆隐

于山坳树杪之间。俯而视之，则清溪泻雪，石磴穿云，白石为栏，环抱池沿。石桥三港，兽面衔环。

贾宝玉进大观园的住所是怡红院。这里是宝玉与园内众姐妹活动的一个主要场所，一系列重要的故事都在这个地方发生，"晴雯撕扇""平儿理妆""病补雀裘""寿怡红群芳开夜宴"以及"刘老老醉卧怡红院"。而今的怡红院，是大观园内最为豪华、富丽堂皇的一个地方。门前的西府海棠和阔叶芭蕉，对应着正房上"怡红快绿"的题额。

来到林黛玉的住处潇湘馆，只见回廊曲折、翠竹掩映间，石子漫路和小溪潺潺，清澈而温柔地绕着阶道与屋子，形成一首优美的曲子。《红楼梦》中的描写是"一带粉垣，里面数楹精舍，有百竿翠竹掩映"；到里面，是"曲折游廊，阶下石子墁成甬路"，建筑则是小小的"二三间房舍，一明两暗"；后院子里，"有大株梨花，兼着芭蕉"；又于"后院墙下，开一隙清泉"，流入院内，然后"绕阶缠屋，到前院盘旋竹下而出"。在这里，感受林黛玉的孱弱形象、孤高自许和多愁善感的性格。有道是"花榭花飞飞满天，红消香断有谁怜？一年三百六十日，风刀霜剑严相逼。"

沁芳桥在大观园中轴线上，是宝玉、黛玉经常约会的地方，也是林黛玉建桃花诗社的地方。只见白石为栏，环抱池沿，在波光倩影的映照下，宛若琼阁玉宇。桥边的沁芳亭上有一贾宝玉题写的对联："绕堤柳借三篙翠，隔岸花分一脉香。"该联没有一个"水"字，却将隔岸的花香沁得流水芬芳。

凸碧山庄位于大观园西北的制高点上，于此可尽赏园中景色。《红楼梦》中记载：中秋月夜，贾母说"赏月在山上最好。"于是大家随之从嘉荫堂来到凸碧山庄，边赏月，边讲笑话，边玩击鼓传花的游戏取乐。

若要将大观园里的栊翠庵、凹晶溪馆、嘉荫堂、顾恩思义殿、省亲牌坊、缀锦楼、蘅芜苑、红香圃、稻香村、芦雪亭、藕香榭、秋爽斋、滴翠亭、花溆等景点一一观赏完毕，大半天时间有些打紧。

阅完《红楼梦》原书之后，到大观园里实地一走，内心的文学情怀也就如雪花一般扬扬洒洒且轻灵漫盈，一种不可言说的美意氤氲而出。

最喜汉宝德先生的总结式评语：

"正殿所代表的豪华楼阁式园林，怡红院所代表的富贵型（金玉满堂）堂院式园林，潇湘馆与蘅芜院所代表的清幽型的斋馆式园林，与为宝玉所不喜的稻香村所代表的朴质无华的田舍式园林，这是社会自上而下的一个纵断面：帝王、贵族、士、庶民的居住环境的统合。到了清代，都成为园林中表现的主题了。这种包容性与多样性是中国文化性格的直接反映。"

洛阳白马寺

小寒连大吕，欢鹊垒新巢。

拾食寻河曲，衔紫绕树梢。

霜鹰近北首，雏雉隐丛茅。

莫怪严凝切，春冬正月交。

——元稹《小寒》

　　小寒时节的洛阳，即便是艳阳高照，也温暖不到哪里去。在不到 10 摄氏度的温度里，到中国第一古刹白马寺游览，是一个不错的选择。

白马寺是佛教传入中国后兴建的第一座官办寺院，有中国佛教的"祖庭"和"释源"之称。整个寺庙坐北朝南，为一长形院落，总面积约4万平方米。五胡十六国时期，白马寺建成后，洛阳成为佛教中心。白马寺北依邙山，南望洛河，寺内南北中轴线上有天王殿、大佛殿、大雄殿、接引殿、清凉台和毗卢阁等主要建筑，整个建筑布局严整，宏伟肃穆。寺前有一对著名的青石圆雕白马，山门内东西两侧的柏树林内，有迦叶摩腾、竺法兰两位天竺高僧的墓。大佛殿内悬挂有一口重5000斤的明代大铁钟。唐武则天时，白马寺曾大修过一次，此后元、明、清各代都进行过修缮和增建。自创建之日起，白马寺的寺址都从未迁动过，汉时的台、井仍依稀可见。

让我们来回顾一下当年的历史：

汉明帝永平七年（公元64年），汉明帝夜里梦见一全身散发金光的神人，从西边飞来殿庭，第二天就此事询问群臣，太史傅毅回答说："西方有神，其名曰佛，陛下所梦恐怕就是他。"于是汉明帝派遣中郎将蔡愔、秦景等十八人，前往西域求佛。永平八年（公元65年），蔡、秦等人从帝都出发，前往西域。这些使者在大月氏国遇到了两位天竺高僧迦叶摩腾和竺法兰，极力邀请他们到中原弘法，于是迎请回洛阳，同时用白马驮回了佛经佛像。

永平十年（公元67年），二位天竺高僧应邀和东汉使者一道，用白马驮载佛经、佛像同返国都洛阳。汉明帝见到佛经、佛像，十分高兴，对二位高僧极为礼重，亲自予以接待，并安排他们在当时负责外交事务的官署"鸿胪寺"暂住。永平十一年（公元68年），汉明帝敕令在洛阳西雍门外三里御道北兴建僧院。为纪念白马驮经，取名"白马寺"。"寺"字即源于"鸿胪寺"之"寺"字，后来"寺"字便成了中国寺院的一种泛称。白马寺也成了"中国第一古刹"。在白马寺，迦叶摩腾译出了《四十二章经》；竺法兰译出了《十地断结》《佛本生》《法海藏》《四十二章》等五部经典。佛教于是在汉地流传开来。

通过有着"中国第一古刹""觉林""法苑"字样的一门三洞的牌坊式山门进入白马寺。佛殿在由南到北的中轴线上，从前到后依次分布着山门、天王殿、大佛殿、大雄殿、接引殿、清凉台和毗卢阁等主要建筑。天王殿为单檐歇山式，东西面阔5间，南北进深4间，内供明代夹纻弥勒佛像、泥塑四大天王像、韦驮天将像等；大佛殿内供释迦牟尼佛，文殊、普贤二菩萨，迦叶、阿难二弟子，观音菩萨等塑像；大雄殿内供释迦、阿弥陀、药师三佛、韦驮、韦力二天将、十八罗汉等23尊元代夹纻造像、韦力天将泥塑像等；接引殿内供阿弥陀佛及观世音、大势至二菩萨像；毗卢阁内供毗卢遮那佛及文殊、普贤二菩萨。

　　这些带着汉唐风韵与气度的寺院建筑，大柱挺立、翘阁飞檐，显得庄重、古朴、坚实、精致且壮观，宏伟而庄严。接近这些佛殿，被红尘的各类凡俗事务裹袭的内心，会一下子安静下来，似乎不再那么浮躁和纷乱，待走进殿堂，在慈祥庄严的佛像面前，有清净安详之感。

　　白马寺内的钟鼓楼，于1991年6月开建，1992年竣工，钟鼓楼的建成恢复了寺院晨钟暮鼓的礼佛仪式，恢复了历史悠久的洛阳八大景之一——"马寺钟声"。白马寺的藏经阁内，供奉着泰国佛教界赠送给白马寺的中华古佛，收藏有龙藏经、中华大藏经、日本大藏经、西藏大藏经、敦煌大藏经等10余种藏经。

　　如今眼里的白马寺，寺院开阔大气，建筑和殿堂齐整完好，形制端严壮观，展现着穿越古今的风貌。唐代诗人张继有一次夜宿白马寺时，却有另一番景象，他在《宿白马寺》中写道：

　　　　白马驮经事已空，断碑残刹见遗踪。
　　　　萧萧茅屋秋风起，一夜雨声羁思浓。

大寒：岁寒松竹梅枝傲

随着大寒的来临
萧瑟的大地
似乎隐隐约约地
传来了春的脚步
也就在这天寒地冻里
于枝头傲然的梅花
看见了生命的高昂
赶在春姑娘的前面
绽放出一季的守候

西昌光福寺

松柏天生独，青青贯四时。

心藏后凋节，岁有大寒知。

惨淡冰霜晚，轮囷涧壑姿。

或容蝼蚁穴，未见斧斤迟。

摇落千秋静，婆娑万籁悲。

郑公扶贞观，已不见封彝。

——黄庭坚《岁寒知松柏》

公历 1 月 20 日左右,农历二十节气的最后一个节气大寒来到人间。大寒,是寒冷到极点的意思。这时寒潮南下频繁,是中国大部分地区一年中的最冷时期,风大,低温,地面积雪不化,呈现出冰天雪地、天寒地冻的严寒景象。过了大寒,又将迎来新一年的节气轮回。

在此大寒之中,松柏之类的耐寒树木,依然绿意葱茏,傲然挺立,给萧瑟的大地带来生动和坚韧的生命形态。数九严寒何所惧的梅花,也次第绽放,在天地间哔剥有声,绽放出一树树的美丽和一朵朵的昂然,给千里冰霜的冬季带来鲜艳的色彩,漫染出一首生命的赞歌。

在这大寒时节,走进四川西昌的光福寺,不仅仅因为光福寺是川滇之间的一座千年古刹,还因为里面有株被称为四川十大树王之一的古汉柏。光福寺存在近 1400 年,而这株古汉柏已经存在了 2000 多年。它是当之无愧为四川的树王。

据史料记载,光福寺在唐朝以前为飞梁寺、泸山寺,唐武德九年(公元626 年),被匪徒洗劫焚毁。唐贞观十五年(公元 642 年),峨眉山僧人慈忍,俗称长眉长老览胜至泸山,恋恋不舍,于是铲除荆蔓,平整地基,募化修建大雄宝殿,塑造大佛神像,创建"大佛寺"。明正统年间(公元 1436 至 1449

年），被赐名为"大佛寺"。明朝成化年间（公元1465至1487年），宪宗皇帝朱见深之妃得奇病久治未愈，后夜梦寺院景色，心情甚佳，贵妃梦景与泸山"大佛寺"相合，贵妃前来朝拜后痊愈。僧人智深拜奏宪宗皇帝后，赐名"光福寺"，并亲书匾额一块，沿用至今。

显然，光福寺作为佛教寺院，自唐贞观年间建造那天起，从古至今已经穿越过了1370多年的历史风烟，在静默地矗立与守望当中，它展现了绵延的辉煌。它也经过了不少的劫难，损毁、重建……损毁、再重建，它没有烟消云散，而是顽强地留存了下来。在今天让我们看到了它旺盛的香火，因为它承载了人类文明进程当中深刻的文化。

以前的光福寺，并不是泸山所有寺院宫观的第一座，它是在岁月的变迁当中，顺势成了泸山10余座寺院宫观的第一个寺院。在泸山现有的宗教建筑里，光福寺所处的地理位置为最好。依山取势，逐境而建，离山脚不远，徒步上行，只需20多分钟即可抵达。从光福寺所处的整个地势地貌来看，并无多大的平坦之所，并且进得寺门，还需拾级而上，才能到达后面的大雄殿和藏经楼。据此可以窥见光福寺以前的规模并不宏阔，被地势所限大概也不雄伟，实际上在10余年以前，光福寺也并不大，只是给人结构紧凑、古朴精致

的印象。在历朝历代历届住持的开拓和努力下，现在的光福寺，不仅面积延展，还殿堂林立，自然风景与人文景观相互辉映、巧妙融合，成了西昌最可观瞻和品味的风景。

光福寺近年来新建的二层木质回廊望海楼、佛心园、药师殿、观音菩萨圆通殿、财神殿、对联和碑林长廊、僧舍等，与以前就早已存在的弥勒殿、大雄宝殿、藏经楼、古塔等一道，以一种古色古香的风貌，展示出东方特有的宗教建筑的智慧成就和韵味。与寺内的黄连古木、紫薇古藤以及有着四川树王美誉的千年汉柏，还有于春天绽放的几棵樱花、寒冬天开放的几株梅花，镶嵌在泸山苍翠葱郁的优美风景里，这样的胜景洋溢出了古今交融的魅力。

于此，在清新干净的空气中，观满天星斗撒落天上人间、看邛池碧湖水波澹澹、浸半山烟云染皎皎月辉，一幅幅美不胜收的画面揽于心胸，用相机定格凝固成一张张永不磨灭的照片，深深浅浅地印在人生的旅程作为记忆的珍藏，何其美哉！

光福寺内还留存有地震碑林，与陕西西安碑林、山东曲阜孔庙碑林、台湾高雄南门碑林一道，并称中国四大碑林。碑林既记载了西昌历史上地质的无常变动，也深深地刻下了所经历的沧桑。

作为四川十大树王之一的古汉柏，其枝干苍虬，树皮基本已经被千年岁月的风雨剥蚀完毕，露出它坚强不殒的肌骨和一道道如刀刻般的痕迹。

如今，这株汉柏的全树很难长出繁茂的枝叶，也难长出让人惊喜的新绿。它现在这干枯的状态，让人好一阵的揪心，生怕它在哪一天的雷雨中，终于耗尽生命最后的一点力气，那仅存的一枝新绿也将随之枯萎而去。

祈愿它还能呼吸着天地的气息，顽强屹立在大地的怀抱。

这株古汉柏，是光福寺里最值得感叹和观瞻的景观之一。它的苍老掩饰不住曾经的葱茏，在那枝繁叶茂的辰光里，这株汉柏看过了许多变幻的烟云，观望过两千多年的斗转星移，也听过寺里那诵经念佛的声音。它一定在山脚那一湖碧水的邛池和半山明月的皎洁里，让自己的精魂飞翔、回旋和飘荡，缥缈在千载空悠悠的白云里，然后再汩汩地吸纳一些雨露甘霖，生长并滋润出绵延千年的灵性。

在这株古汉柏的旁边，长有一棵梅树，红色的梅花在冬天次第绽放。一朵朵的梅，暗香绕树氤氲而出，绽放出它们那傲岸的品质。

这就十分美妙了，红色的梅花带着它特有的倔强与娇美，与古汉柏相映成趣。它似乎在听着古汉柏那浑厚的心语，温情地予以汉柏细致的抚慰；而古汉柏也仿佛在享受着红梅那穿透灵魂的绽放，一任它的妖娆点缀自己的睽

（kuí）阔。

这里，既是驿旅，也是家园。在这个驿旅和家园，这守护和依偎的画面，是如此温润，相映出生命的倾听和眷恋。这样的美啊！带着一种震撼，也带着一种花儿般的柔软，裹袭着心扉里的一缕缕芳香，飘上云端，继而洒落在山野，给生命以深情和感动。

光福寺内还有几株达几百年的古柏，也还有几株红梅和白梅，但由于它们所处的地理位置，无法比拟那株树王与旁边的梅花那样既缱绻依依又若即若离的绝美格调。

除此之外，光福寺内还有几棵樱花树，在樱花盛开的4、5月份，那花儿所表现出的浓烈和华美，辉映着古刹内的宗教建筑，在翘阁飞檐、木柱雕窗和红墙碧瓦的古朴里，展现出别样风情，同样弥漫出一种打动心魂的奇美。在这些美的画面里，我们在不经意间想起了唐朝诗人常建的那首《题破山寺后禅院》的诗句：

清晨入古寺，初日照高林。
曲径通幽处，禅房花木深。
山光悦鸟性，潭影空人心。

万籁此俱寂，但余钟磬声。

最后，关于光福寺，历史上的一个大名人曾来此夜宿。

明朝嘉靖三年七月的一天，围绕嘉靖皇帝继统与入嗣"典礼"的礼制问题，有一位叫杨升庵的人大呼着鼓动百官："国家养士一百三十年，仗节死义，正在今日。"于是乎，反对派二百多位官员在他的带领下，跪伏在左顺门等处进行突谏。

皇帝大怒，虽怒得咬牙切齿忍无可忍，最终只是一顿庭杖，没有杀了杨升庵，而是将他贬出了京城，去云南做官。

这天，前往云南的杨升庵路经西昌并投宿于光福寺，这时候的西昌，正值当地火把节。杨升庵面对满天繁星、一怀清风，他无法入睡，信步走出寺门，向山脚下的邛海眺望。那时的邛海，面积大约有近40平方公里，偌大一个湖，水波浩渺，映着天上点点繁星，与地上挥舞跃动的火把相互映衬，闪闪烁烁，好一幅夜景啊！杨升庵一扫胸中郁闷，吟出了一首《泸山观火炬咏怀》，这首诗成了写西昌邛海诗赋的绝唱：

老夫今夜宿泸山，惊破天门夜未关。
谁把太空敲粉碎，满天星斗落人间。

如今，杨升庵的这首诗被一书法大家写出来，以浮雕的形式记载于光福寺山门阶梯前的照壁上。游人都要在此驻足观看，想象着几百年前那个夜晚的盛景。

无锡梅园

闻道梅花坼晓风，雪堆遍满四山中。

何方可化身千亿，一树梅花一放翁。

——陆游《梅花》

谁能不喜欢花儿呢？

花儿们优雅地开放，它们那些艳美、那些绚丽、那些娇贵，将生活装点得十分美好。有了花儿，我们的生活就有了无限的温情；也因花儿的鲜艳与美丽，我们以或者是刚强的，或者是戾气的，或者是杂芜不堪的，或者是怨怨的，或者是忧伤的，或者是其他什么的心地，凝视着它们，瞬间便会变得

温柔、感动。

　　像那位不爱当官、不喜发财的陶渊明，他不爱权势，但很爱花："采菊东篱下，悠然见南山。"菊花的品性，也与陶渊明相符，其春生夏茂、秋花冬实、备受四气、饱经霜露、时枯不落、花槁不零，是高雅纯洁的花中君子。更何况，菊花入茶，清心、明目，香透心肺，确为一大佳饮。

　　至于梅花，亦为文人墨客所喜爱。如宋代王安石赞梅："墙角数枝梅，凌寒独自开；遥知不是雪，为有暗香来。"宋代林逋的"众芳摇落独暄妍，占尽风情向小园。疏影横斜水清浅，暗香浮动月黄昏。霜禽欲下先偷眼，粉蝶如知合断魂。幸有微吟可相狎，不须檀板共金樽。"将梅的高洁幽美写得入神。清代李渔更是将梅推崇为花中王者。

　　大寒时节，百花凋零，唯有梅花，在冰天雪地里，凌寒独自开。位于无锡西郊的梅园，园内遍植梅树，是江南著名的赏梅胜地，也是全国十大最佳赏梅地之一。

　　无锡梅园，面临太湖万顷，背靠龙山九峰，园中有老藤、古梅、新桂、奇石，显示出高雅古朴的风格，现有面积812亩，其中梅林占56亩。梅树5000多株，梅桩2000多盆。植梅数千，有三四十个品种，多为果梅，花梅有银红、假朱砂、骨里红、素白台阁、小绿萼等。

　　在梅花绽放的时节，进入无锡梅园，呵，这满眼品类繁多的梅花，将这里点缀得姹紫嫣红，有洁白素净的玉蝶梅，有花如碧玉萼如翡翠的绿萼梅，有红颜淡妆的宫粉梅，有胭脂滴滴的朱砂梅，有如墨的墨梅，更有枝干盘曲、矫若游龙的龙游梅等……

除了数不胜数的梅花，整个梅园的设计，完全遵循了大美自然的原生态形貌，只是在其中融入了洗心泉、米襄阳拜石、天心台、招鹤亭、念劬塔、豁然洞、开原寺、松鹤园等景观，起到了点睛和入画的作用。

"梅园"二字的石记刻，为荣德生先生亲笔题写，旁边有株100多年的紫藤，亦为荣先生亲手所栽。作为梅园标志性建筑的念劬（qú）塔，是荣宗敬、荣德生兄弟为母亲石太夫人而建的，以感念父母的养育之恩，体现出了一种至孝的品德。念劬二字，取自《诗经小雅》"哀哀母心，生我劬劳"之句。洗心泉凿于1916年，意思是"物洗则洁，心洗则清。"俗称"楠木厅"的诵豳堂，为荣氏梅园的主体建筑，于1916年建成，荣先生取《诗经·豳（bīn）风》中种庄稼艰辛劳作之意用为堂名。梅园内的花溪景区，种有100多个品种的奇花异卉，并叠有巨大的景观岩石，其间植有浓荫茂密的绿树，其间流水淙淙，此设计融入万物相通的理念，让人享受到了回归自然的欢畅与快乐。

梅园内的近20处景观，为寒冬时节欣赏梅花带来了意趣。此外，梅园内还有造型幽雅、疏影横斜的梅桩艺术盆景，呈现着美不胜收的姿态，给人带来无尽的美感。